*Bianca*

W9-DEW-661

# CUANDO EL AMOR MANDA
## CAITLIN CREWS

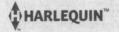
HARLEQUIN™

Editado por Harlequin Ibérica.
Una división de HarperCollins Ibérica, S.A.
Núñez de Balboa, 56
28001 Madrid

© 2016 Caitlin Crews
© 2017 Harlequin Ibérica, una división de HarperCollins Ibérica, S.A.
Cuando el amor manda, n.º 2527 - 22.2.17
Título original: Castelli's Virgin Widow
Publicada originalmente por Mills & Boon®, Ltd., Londres.

I.S.B.N.: 978-84-687-9134-0
Depósito legal: M-41061-2016
Impresión en CPI (Barcelona)
Fecha impresion para Argentina: 21.8.17
Distribuidor exclusivo para España: LOGISTA
Distribuidores para México: CODIPLYRSA y Despacho Flores
Distribuidores para Argentina: Interior, DGP, S.A. Alvarado 2118.
Cap. Fed./Buenos Aires y Gran Buenos Aires, VACCARO HNOS.

# Capítulo 1

POR favor, dime que esto es un intento fallido por ser gracioso, Rafael. Una broma pesada de la persona de Italia que menos te lo esperarías.

Luca Castelli no hizo ningún esfuerzo por paliar su tono de dureza ni la mueca de desagrado con la que miraba a su hermano mayor. Rafael era también su jefe y el director de la empresa familiar, algo que normalmente no preocupaba nada a Luca.

Pero ese día no tenía nada de normal.

–¡Ojalá lo fuera! –contestó Rafael desde su posición en un sillón delante de un alegre fuego, que no hacía nada por disipar la sensación de pesimismo y furia de Luca–. Pero en lo que se refiere a Kathryn, no tenemos elección.

Rafael parecía ese día un monje tallado en piedra, con rasgos duros como el granito, lo cual solo conseguía que Luca se sintiera aún más traicionado. Aquel era el antiguo Rafael, el hombre lleno de amargura y arrepentimiento, no el Rafael de los últimos años, el que se había casado con el amor de su vida, con la mujer a la que había creído muerta y de la que esperaba en ese momento su tercer hijo.

Luca odiaba que la pena los hubiera vuelto a hundir en una historia desagradable. Odiaba la pena.

Su padre, el famoso Gianni Castelli, que había construido un imperio de vino y riqueza que se extendía por dos continentes, pero era más conocido en el mundo por su agitada vida matrimonial, había muerto.

Fuera, la lluvia de enero azotaba los cristales de la antigua mansión Castelli, que se extendía con insolencia al lado de un lago alpino de los montes Dolomitas, en el norte de Italia. Las pesadas nubes se movían bajas sobre el agua y ocultaban el resto del mundo, como si quisieran rendir tributo al viejo enterrado esa mañana en el mausoleo de los Castelli.

Las cenizas a las cenizas y el polvo al polvo.

Nada volvería a ser igual.

Rafael, que había actuado durante años como director de facto del negocio familiar, a pesar de la negativa de Gianni a retirarse, estaba en esos momentos plenamente al cargo. Lo que implicaba que Luca era el nuevo jefe de operaciones, un título que no describía ni de lejos el cúmulo de responsabilidades que tenía como copropietario.

—No entiendo por qué no podemos pagar simplemente a esa mujer como al resto de la horda de exesposas –dijo, consciente de que su tono resultaba agresivo. Estaba nervioso–. Dale una parte de la fortuna de nuestro padre y que siga su camino.

—El testamento de nuestro padre es muy claro en lo relativo a Kathryn –repuso Rafael, que no parecía más contento que su hermano–. Y ella es la viuda, no una exesposa. Una distinción importante. La elección es suya. Puede aceptar una suma de dinero o un puesto en la empresa y ha elegido lo segundo.

—Eso es ridículo.

Era mucho peor que ridículo, pero Luca no tenía una palabra que describiera el vacío interior que sentía ante la mera mención de Kathryn, la sexta y última esposa de su padre.

La que estaba en aquel momento en la biblioteca más grande y formal de la planta baja, llorando lo que parecían lágrimas sinceras por la muerte de un esposo que le triplicaba la edad y con el que solo podía haberse casado por la más cínica de las razones. Luca había visto caer esas lágrimas por sus mejillas en el aire frío de antes, donde había dado la impresión de que no podía controlar su dolor.

Él no se lo creía ni por un momento.

Sabía que el tipo de amor que podía producir esa pena era raro, extremadamente improbable y se había dado poco en la familia Castelli. El matrimonio feliz de Rafael era probablemente la única muestra que se había dado en generaciones.

—Por lo que sabemos, nuestro padre pudo encontrarla vendiendo su cuerpo en las calles de Londres —murmuró. Miró a su hermano de hito en hito—. ¿Qué demonios haré con ella en la oficina? ¿Sabemos al menos si sabe leer?

Rafael entrecerró los ojos.

—Encontrarás algo para mantenerla ocupada, porque el testamento le garantiza tres años de empleo. Tiempo de sobra para introducirla en los placeres de la palabra escrita. Y es irrelevante que te guste o no.

«Gustar» no era la palabra que habría elegido Luca para describir lo que ocurría en su interior ante la mención de aquella mujer. Ni siquiera se acercaba.

–Ni me gusta ni me disgusta –repuso. Soltó una carcajada que a él mismo le sonó hueca–. ¿Qué puede importarme una niña novia más, adquirida con el único propósito de alimentar el ego del viejo?

Su hermano lo miró un momento, que pareció prolongarse mucho. Los viejos cristales tintineaban. Crepitaba el fuego. Y Luca no sentía ningún deseo de oír lo que pudiera decir su hermano.

–Si estás decidido a hacer esto –dijo, antes de que Rafael pudiera abrir la boca–, ¿por qué no la envías a Sonoma? Puede adquirir experiencia en los viñedos de California, como hicimos nosotros de muchachos. Y para ella pueden ser unas vacaciones placenteras lejos de aquí.

«Lejos de mí», pensó.

Rafael se encogió de hombros.

–Ella ha elegido Roma.

Roma. La ciudad de Luca. Su lugar de trabajo. El poderío comercial y el alcance global de la marca de vino Castelli eran obra suya, o eso le gustaba pensar, y probablemente porque lo habían dejado actuar libremente durante años. Desde luego, no había tenido que hacer de canguro de uno de los muchos errores de su padre.

El peor error de su padre, en su opinión.

–No hay sitio –dijo–. Es un equipo pequeño, elegido a conciencia. No hay lugar para una mujer que quiere un descanso de su verdadera vocación de trofeo de un viejo.

–Pues tendrás que hacerle un hueco –repuso Rafael.

Luca negó con la cabeza.

–Puede retrasarnos meses, si no años, intentar reorganizar al equipo alrededor de una mujer así y de lo que pueden ser sus muchos errores.

–Confío en que tú te encargarás de que eso no ocurra –respondió Rafael con sequedad–. ¿O dudas de tus habilidades?

–Este tipo de vulgar nepotismo causará problemas...

–Luca –lo interrumpió Rafael sin alzar la voz–. Tomo nota de tus objeciones, pero tú no ves la imagen completa.

Luca intentó contener la rabia que brotaba de su parte más oscura y amenazaba con apoderarse de él. Extendió las piernas y se pasó una mano por el pelo en una postura lánguida e indolente. Como si todo aquello le diera igual a pesar de sus objeciones.

Era el papel que había representado toda su vida. No sabía por qué en los dos últimos años se había vuelto tan difícil mantener su fachada de indiferencia. Por qué había empezado a parecerle más una jaula que un retiro.

–Ilumíname –dijo, cuando estuvo seguro de poder hablar con el tono medio aburrido, medio divertido de siempre.

Rafael tomó su vaso y movió el líquido ámbar que contenía.

–Kathryn ha conseguido la atención del público –dijo–. «Santa Kate» está en todas las portadas de toda la prensa rosa desde la muerte de nuestro padre. Su dolor. Su altruismo. Su verdadero amor por el viejo en contra de todas las previsiones. Etcétera, etcétera.

–Disculpa que me muestre escéptico sobre lo verdadero de ese amor –repuso Luca–. Me convence más su interés verdadero por la cuenta bancaria de él.

–La verdad es maleable y tiene poco que ver con las historias que cuenta la prensa rosa y amarilla –dijo Rafael–. Nadie lo sabe mejor que yo. ¿Podemos quejarnos si esta vez esas historias no son del todo a nuestro favor?

Luca no creía que la evidente manipulación de la prensa por parte de su última madrastra estuviera en el mismo plano que las historias que Rafael y su esposa, Lily –que también era antigua hermanastra de ellos, pues el árbol familiar de los Castelli era muy enrevesado– habían contado para explicar el hecho de que la hubieran creído muerta durante cinco años, pero decidió no decirlo.

–La realidad –continuó Rafael después de un momento– es esta. Aunque hace años que tú y yo dirigimos la empresa, la percepción desde fuera es muy distinta. La muerte de nuestro padre les da a todos la oportunidad de decir que sus desagradecidos hijos arruinarán lo que él construyó. Si ven que esquivamos a Kathryn, que la tratamos mal, se reflejaría negativamente en nosotros y avivaría ese fuego. –dejó el vaso sobre la mesa sin beber–. No quiero ni combustible ni fuego. Nada a lo que le pueda hincar el diente la prensa sensacionalista. Comprende que esto es necesario.

Lo que comprendía Luca era que aquello era una orden del director ejecutivo de Bodegas Castelli y nuevo cabeza de familia a uno de sus muchos subordinados. El hecho de que Luca poseyera la mitad de la empresa no cambiaba que tenía que responder ante Rafael. Y que aquello no le gustara no alteraba el hecho de que Rafael no le pedía opinión.

Le daba una orden.

Luca se puso de pie con brusquedad.

—No me gusta esto —dijo con calma—. No puede acabar bien.

—Tiene que acabar bien —replicó Rafael—. De eso se trata.

—Cuando llegue el desastre, te recordaré que esto ha sido idea tuya —Luca echó a andar hacia la puerta—. Lo comentaremos mientras caemos al fondo del mar.

Rafael se echó a reír.

—Kathryn no es nuestro *Titanic*, Luca —dijo. Ladeó un poco la cabeza—. ¿Pero quizá tú crees que es el tuyo?

Lo que Luca creía era que podía pasar muy bien sin los comentarios de su hermano, así que salió por la puerta y echó a andar por los grandes pasillos antiguos cuyos detalles ya apenas percibía. Los retratos que atestaban las paredes y las estatuas colocadas en todas las superficies planas estaban allí desde antes de que él naciera, y seguirían estando cuando Arlo, el hijo mayor de Rafael, fuera ya abuelo. Los Castelli perduraban, aunque crearan muchos líos en el proceso.

Al pasar por uno de los salones, oyó la voz de Lily, su cuñada, embarazada de seis meses, que hablaba con Arlo, de ocho años, y Renzo, de dos, sobre el modo en que debían comportarse. Luca contuvo una sonrisa al pensar que el sermón sonaba muy parecido a los que había recibido él en el mismo lugar de pequeño. No de su madre, que había abdicado de su posición poco después del nacimiento de Luca, ni de su padre, que era demasiado importante para molestarse con asuntos domésticos como la crianza de los niños. Había sido criado por un desfile de empleadas bienintencionadas y una serie de madrastras con motivos infinitamente más complicados.

Quizá le venía de allí su aversión a las complicaciones y a las madrastras.

Luca había crecido en una familia muy enrevesada, que había aireado sus dramas privados ante todo el mundo, sin que importara que esa publicidad lo empeorara todo mucho más. Él odiaba eso. Prefería las cosas limpias y fáciles. Ordenadas. Sin jaleos ni melodrama. Sin dramas que acababan en la prensa, donde se presentaban del modo más odioso imaginable. No le importaba que lo consideraran uno de los mayores playboys del mundo. De hecho, había cultivado ese papel para que nadie lo tomara en serio, lo cual podía ser un valor tanto en los negocios como en la vida. No rompía corazones, simplemente evitaba los trastornos sentimentales que habían marcado a todos los demás miembros de su familia una y otra vez. No, gracias.

Pero Kathryn era otra historia. Cuando entró en la gran biblioteca de la planta baja, la vio en el rincón opuesto, mirando la lluvia y la niebla como si compitiera con ellas por el título de Más Desolada. Kathryn era más que una complicación.

Era un desastre.

No le sorprendía nada que «Santa Kate», como la

llamaban por todo el mundo por su supuesto martirio en favor de la causa que era el viejo Gianni Castelli y su considerable fortuna, saliera en todas las revistas de esa semana. Kathryn hacía tan bien el papel de joven inocente y herida que Luca siempre había pensado que le habría ido mucho mejor dedicándose al teatro.

Aunque probablemente eso era lo que hacía. Interpretar a la amante comprensiva y la esposa trofeo altruista de un hombre viejo frente a los veinticinco años de ella, era una hazaña. Lo que Luca no entendía era por qué una zorra como esa le provocaba sensaciones que no se atrevía a explorar.

La miró de hito en hito desde el umbral. Su padre se había casado con una sucesión de mujeres más jóvenes que le habían dejado hacer de salvador. Disfrutaba con eso. Gianni nunca había tenido mucho tiempo para sus hijos ni para la primera esposa a la que había apartado de la vista internándola en una institución mental y a la que había llorado muy poco después de su muerte. Pero con su desfile de amantes y esposas con necesidades, melodramas y crisis interminables, siempre estaba disponible para interpretar el papel de un dios benevolente, que arreglaba todas las calamidades y resolvía todo tipo de problemas agitando su tarjeta de débito.

A Luca no le había sorprendido mucho verlo volver a Italia con su sexta esposa escasamente un mes después de haberse divorciado de la quinta.

—Hay una novia nueva —le había dicho Rafael, cuando Luca había llegado a los Dolomitas una mañana de invierno de dos años atrás—. Ya.

–¿Esta es mayor de edad? –había preguntado Luca.

Rafael había hecho una mueca.

–Por los pelos.

–Tiene veintitrés años –había dicho Lily, a punto entonces de dar a luz a Renzo. Los había mirado a los dos con dureza–. No es ninguna niña. Y parece muy simpática.

–Pues claro que es simpática –había comentado Rafael–. Ese es su trabajo, ¿no?

Luca se había preparado para una madrastra parecida a la anterior, a la criatura rubia a la que Gianni había adorado inexplicablemente a pesar de que pasaba más tiempo con su teléfono móvil o insinuándose a sus hijos que con él. Corinna tenía diecinueve años cuando se casó con Gianni y era ya exmodelo de trajes de baño. Luca suponía que su padre no la había elegido por su gran personalidad ni por la profundidad de su carácter.

Pero en lugar de otra versión de Corinna, al entrar en la biblioteca, donde esperaba su padre con Arlo, se había encontrado con Kathryn.

Se había parado en seco, aturdido, al ver a la mujer que le sonreía amablemente con su reserva británica. Hasta que el modo en que él la fulminó con la mirada le borró la sonrisa de la cara.

«Este no es su sitio», había pensado él. Su sitio no estaba sentada en el brazo del sillón de su padre, retorciéndose las manos como una colegiala nerviosa en lugar de lanzarle miradas lujuriosas, como solían hacer sus otras madrastras.

Pero ella no podía ser su madrastra. «Ella no».

Su cabello era marrón oscuro casi negro, pero

mostraba reflejos dorados cuando la luz del fuego jugaba con él. Le caía suelto por la espalda y llevaba un flequillo largo sobre unos ojos grises ahumados con insinuaciones de verde. Llevaba unos sencillos pantalones negros y una rebeca de color caramelo sobre una blusa de punto que no hacía nada por resaltar su busto. Parecía elegantemente eficiente. Era menuda y de huesos finos, grandes ojos y boca exuberante.

—Luca —había dicho su padre, en inglés en honor a su nueva esposa—. ¿Qué te ocurre? Sé más educado. Kathryn es mi esposa y tu nueva madrastra.

Luca había sentido una furia terrible que no podría haber explicado aunque su vida hubiera dependido de ello. Había cruzado la habitación y se había situado frente a ella.

En sus expresivos ojos había visto algún tipo de angustia y nerviosismo, seguidos casi inmediatamente de confusión, pero ella le había tendido la mano.

—Encantada de conocerte —le había dicho. Y el sonido de su voz había caído a través de él como una granizada, que no había hecho nada por calmar el fuego que llevaba dentro.

Luca le había tomado la mano, aunque sabía que era un gran error.

Y había acertado.

Había sentido la piel de ella en la suya, palma contra palma, como una lenta caricia. Y en lugar de apartar la mano, la había estrechado con más fuerza y sentido su delicadeza, su calor y, sobre todo, el tumulto salvaje de su pulso en la muñeca. Y ella había entreabierto los labios como si también lo sintiera.

–El placer es mío, madrastra –había conseguido decir él, con aquel terrible fuego en el cuerpo–. Bienvenida a la familia.

Y todo había ido de mal en peor a partir de ese momento.

Y allí estaba de nuevo, en la misma biblioteca, dos años después, con Kathryn ataviada con un sencillo vestido negro que le hacía parecer frágil y bonita a la vez, con el pelo oscuro recogido hacia atrás y sin rastro de maquillaje en el rostro, enmarcado por el mismo flequillo oscuro, que besaba el borde de sus cejas.

Miraba a través de las ventanas que se abrían sobre el lago y parecía sinceramente triste. Como si llorara de verdad a Gianni, el hombre al que había utilizado desvergonzadamente para sus propios fines, fines que, aparentemente, incluían meterse a la fuerza en la oficina de Luca en contra de la voluntad de él.

Y eso le daba rabia.

Se dijo que eso era lo que sentía. Rabia. No esa otra cosa más oscura y peligrosa que acechaba en él tanto como el ansia terrible que prefería negar, pues era la familiar compañera de su autodesprecio.

–Vamos, Kathryn –dijo–. El viejo está muerto y los periodistas se han ido a casa. ¿Para quién es esa interpretación llorosa?

# Capítulo 2

EL GRUÑIDO de Luca Castelli, su inglés con acento italiano pronunciado con una dureza que Kathryn solo le había oído dirigida a ella, la atravesó como una descarga eléctrica.

Se estremeció al lado de la ventana.

«Muy mal», se dijo. «Ahora él sabe perfectamente cómo te afecta».

No esperaba que pudiera hacer nada para caerle bien a aquel hombre. Luca había dejado claro que eso no ocurriría nunca. Pero ella necesitaba que no la odiara al empezar aquella nueva fase de su vida.

Suponía que eso era mejor que nada. Lo máximo que podía esperar. Y su madre no la había criado para ser una cobarde, a pesar de que sabía que siempre había sido decepcionante. Rose Merchant nunca había dejado que nada se interpusiera entre ella y lo que había que hacer, y así se lo había recordado a Kathryn a la menor oportunidad. Entrar en el mundo de las grandes empresas, cosa que Rose no había podido hacer con una hija a la que criaba sola, era lo menos que podía hacer Kathryn para honrar todos sus sacrificios.

Y para aliviar la culpa que sentía por su matrimonio con Gianni, la única vez que «honrar los sacrificios de su madre» le había permitido hacer también algo solo para sí misma. Pero no podía permitirse pensar mucho en eso, pues le hacía sentirse muy desagradecida.

Kathryn se enderezó, consciente de que sus movimientos eran nerviosos, como siempre que estaba cerca de ese hombre. Se alisó el vestido con nerviosismo, como si fuera un talismán.

Había dudado mucho sobre lo que debía ponerse aquel día, porque no quería parecer la ramera cazafortunas que sabía que Luca creía que era. Y, sin embargo, tenía miedo de acabar pareciendo más bien una mala versión de Audrey Hepburn pobre.

Pero estaba retrasando lo inevitable. Siempre había querido tener la oportunidad de demostrar su valía, de trabajar en el lado creativo de una empresa y probar algo divertido e interesante como marketing o diseño de marcas en lugar de los aburridos números que tan mal se le daban. Se había pasado todo su matrimonio ilusionada con la perspectiva de trabajar en la empresa familiar con Luca y su genio creativo.

Aunque en todos los demás aspectos era un hombre terrible. Kathryn se decía que los hombres poderosos a menudo lo eran. Que Luca era uno más en ese sentido.

Respiró hondo, enderezó los hombros y se volvió para enfrentarse por fin a su demonio personal.

–Hola, Luca –dijo.

Su voz sonaba tranquila y controlada, pero ella no se sentía así.

Por distintas razones, pero la principal era que mirar a Luca Castelli era como mirar directamente al sol. Había sido así desde el primer día.

Y, como siempre, sintió un mareo instantáneo.

Luca se movía como una sombra terrible por el suelo de la biblioteca y era tan bello como siempre. Alto y atlético, con una figura viril perfecta. Su denso cabello negro siempre parecía revuelto, como si llevara una vida aventurera que exigiera que se pasara las manos por él continuamente, a pesar de que era el jefe de operaciones de la empresa familiar.

Incluso allí, el día del entierro de su padre, con un traje oscuro que realzaba en igual medida su virilidad y su gusto excelente, mostraba aquel mismo aire indolente. Aquella postura perezosa, juguetona, perpetuamente relajada, que solo podía lograr un hombre con muchos ancestros ricos y con pedigrí. Como si, independientemente de lo que hiciera en realidad, una parte de él estuviera siempre holgazaneando en un yate con una bebida fría en la mano y mujeres ofreciéndose para su placer. Tenía el aspecto de un hombre que vivía siempre al borde de la risa.

Excepto cuando la miraba a ella, claro.

El ceño fruncido con el que la miraba no le restaba belleza, pero hacía temblar a Kathryn por dentro, como si hubiera perdido el control de sus propios huesos. Quería salir corriendo. Y lo habría hecho, si eso no hubiera empeorado mucho más aquella situación.

–Hola, madrastra –dijo él, con aquel horrible tono sombrío en la voz–. ¿O deberíamos llamarte ya de otro modo? «La viuda Castelli» tiene un toque gótico. Lo pondré en tus tarjetas de trabajo.

–¿Sabes una cosa? –preguntó ella–. Si decidieras no ser horrible conmigo durante cinco minutos, no se pararía el mundo. Sobreviviríamos todos, te lo aseguro.

El rostro de él parecía de piedra. Apretaba con desagrado los sensuales labios y se acercaba a Kathryn demasiado deprisa para su gusto.

–No tengo ni idea de por qué sientes la necesidad de llevar esta interpretación tuya a la oficina –dijo mientras se acercaba–. Y mucho menos a la mía. Seguro que hay muchos bares de hotel en Europa donde se mueven las mujeres avariciosas como tú. No creo que tuvieras problemas para encontrar a tu próxima víctima en una semana.

A Kathryn no debería haberle sorprendido que todavía la odiara tanto. Lo sabía porque Luca había sido perseverante en ese terreno desde el día en el que ella llegara a Italia con Gianni dos años atrás. Y, sin embargo, le sorprendía.

Aunque «sorpresa» no era en realidad la palabra apropiada para describir la emoción que se movía en su interior, aplastando todo lo que tocaba.

–Supongo que se acabaría el mundo si aceptaras la posibilidad de que yo pueda no ser quien tú crees que soy –contestó, reprimiendo la absurda pena que le producía no caerle bien a aquel hombre odioso–. Tendrías que reconsiderar tus prejuicios y quién sabe lo que podría ocurrir entonces. Por supuesto, a un hombre como tú le aterrorizaría eso. ¡Tienes tantos!

La verdad era que apenas conocía a Luca, a pesar de los dos años en los que se había visto obligada a relacionarse con él. Pero sí sabía que no era inteligente provocarlo.

Luca terminó de acercarse.

–Este es un momento tan bueno como cualquier otro para comentar lo que espero de todos los empleados de Bodegas Castelli que trabajan en mi oficina de Roma –dijo. Su voz era sombría, fría. Y la miraba con esa agudeza en los ojos que a ella le producía un revoloteo de mariposas en el vientre–. Primero, obediencia. Yo te diré cuándo me interesa oír tu opinión. Si tienes dudas, puedes asumir que prefiero que guardes silencio. Puedes asumir que ese será siempre el caso. Segundo, confidencialidad. Si no puedo fiarme de ti, si te pasas la vida corriendo a dar entrevistas lacrimógenas a la prensa rosa sobre tus muchos sufrimientos, «Santa Kate...»

Kathryn se encogió.

–Por favor, no me llames así. Tú sabes que eso lo ha inventado la prensa.

Ese nombre y la imagen que proyectaba habían hecho resoplar a su madre más de una vez. Le había recordado a su hija que ella se lo había dado todo y recibido poco a cambio y, sin embargo, nadie la había llamado «santa». Hasta había insinuado que había sido ella, Kathryn, la que se había inventado el nombre. Pero no era cierto.

Lo que no implicaba que no hubiera jugado con eso alguna vez. Siempre la habían fascinado las buenas marcas y el marketing global.

Aunque le enfurecía que nadie creyera que no lo había inventado ella.

– «Santa Kate» no tiene nada que ver conmigo.

–Créeme –repuso Luca–, yo no me hago ilusiones sobre ti ni sobre tu pureza.

Una bofetada le habría dolido menos a Kathryn.

Parpadeó, consiguió no tener otra reacción que esa y se obligó a mantenerse erguida. Porque, dejando a un lado la opinión de él, esa era su oportunidad de hacer algo que creía de verdad que haría bien. Sabía que él la odiaba. No sabía por qué, pero eso no importaba. Kathryn nunca había querido estatus ni joyas ni lo que solían querer las mujeres anteriores de Gianni. Ella quería aquello. La oportunidad de demostrar su valía en un trabajo que sabía que podía hacer, en una empresa de alcance internacional y futuro brillante, y demostrarle a su madre que ella también podía triunfar en los negocios. A su modo, no al modo de Rose. Eso era lo que le había prometido Gianni cuando la había convencido de que dejara su máster en Londres y se casara con él: la oportunidad de trabajar en el negocio familiar cuando se acabara el matrimonio.

Eso era lo que quería. Sabía que, si cedía y salía corriendo por la puerta, nunca volvería y Luca jamás le daría otra oportunidad a pesar de lo que dijera el testamento de Gianni.

Su madre jamás se lo perdonaría. Y la niña solitaria que habitaba en su interior, que nunca había querido otra cosa que no fuera el amor de Rose, por imposible que resultara, no podía permitir que ocurriera eso.

–Luca –dijo–, antes de que sigas subiendo de tono los insultos, que son siempre muy creativos, quiero que entiendas que tengo toda la intención de...

–¡Que los ángeles me protejan de las intenciones de mujeres sin escrúpulos! –exclamó él–. Y tercero, el testamento de mi padre solo dice que tengo que cumplir tu deseo de trabajar en una oficina, no lo que entrañe ese trabajo. Si te quejas sobre algo, empeorará más. ¿Me comprendes?

Kathryn sintió entonces una palpitación oscura en su interior. Sentía deseos de correr. El miedo la agarró con fuerza y se instaló en sus sienes, en las corvas, en la garganta...

En el sexo.

No sabía lo que le ocurría, así que optó por atacar a su vez.

–¡Oh, qué divertido! –exclamó con sarcasmo. Lo miró de hito en hito. Gianni había muerto y ya no tenían que fingir–. ¿Piensas pedirme que friegue los suelos? A ver si lo adivino, ¿de rodillas y con un cepillo de dientes? Eso me enseñará... algo, seguro.

–Lo dudo mucho –replicó él entre dientes. Estaba muy cerca y Kathryn tenía la sensación de que le faltaba el aire para respirar–. Pero, si te pido que hagas algo, lo que sea, espero que lo hagas. Sin excusas.

Kathryn se obligó a hablar.

–¿Y si resulta que te equivocas sobre mí y no soy tan inútil como te imaginas? Supongo que las disculpas no son tu fuerte.

La tensa boca de él se frunció en una curva inmisericorde que era demasiado dura para llamarse sonrisa.

–¿Te he dicho alguna vez cuánto odio a las mujeres como tú?

«Odio» era una palabra muy fuerte y Kathryn nunca había entendido por qué, entre ellos, todo tenía que ser tan intenso. No entendía eso ni tampoco por qué le dolía tanto. Casi como si él le importara.

Pero, por supuesto, él no podía importarle. No le importaba. Luca era un medio para un fin, nada más.

–Más bien de un modo implícito, no tan claro –repuso, esforzándose por hablar con voz normal–. Pero, en cualquier caso, te puedes enorgullecer de haber conseguido dejar claro lo que pensabas desde el principio.

–Mi padre se casaba con mujeres más jóvenes como otros hombres se cambian de zapatos –dijo Luca–. Tú no eres más que la última en su último e interminable juego de camas musicales. No eres la más hermosa ni la más joven. Eres simplemente la que le ha sobrevivido. Debes saber que tú no eras nada para él.

Kathryn negó con la cabeza.

–Sé perfectamente lo que era yo para tu padre.

–Yo en tu lugar no presumiría de tus métodos calculadores y conspiradores –replicó él–. Y menos en mi oficina, donde descubrirás que las personas trabajadoras a las que se premia por sus méritos y no por sus técnicas de seducción, probablemente no celebrarán ese enfoque.

Kathryn se sintió ofendida. Y quizá por eso perdió un poco la cabeza. Él había ido demasiado lejos.

–Durante la mayor parte de mi matrimonio he intentado averiguar por qué me odias tanto –escupió, sin que le importaran ni la proximidad de él ni el destello de sus ojos oscuros–. Que un hombre adulto, aparentemente cuerdo y obviamente capaz de grandes hazañas empresariales cuando quiere, pueda odiar tanto a una persona a primera vista y sin razón aparente, es algo que no tiene sentido para mí.

Era muy consciente del lujo de la estancia, del lago cristalino que se extendía hacia la niebla y las montañas que se elevaban imponentes sobre él. De Gianni, el encantador Gianni, al que ya no volvería a hacer reír y que no volvería a llamarla «cara» con su voz grave de mayor. Incluso aquel mundo de hermoso esplendor perdía algo con su ausencia. Y allí estaba Luca, tan odioso como siempre.

Kathryn no podía soportarlo.

—Soy una persona decente —dijo—. Intento hacer lo correcto. Más aún —alzó levemente la voz cuando Luca hizo una mueca de desprecio—, no me merezco todo el odio que me has tenido durante años. Me casé con tu padre y cuidé de él hasta el final. Ni tu hermano ni tú teníais ningún interés en hacerlo. Algunos hombres en tu posición me darían las gracias.

Tuvo la impresión de que Luca se volvía todavía más grande de pronto. Era una presencia oscura y terrible.

—Tú fuiste una más en una larga lista de...

—Sí, pero esa es la cuestión, ¿verdad? —lo interrumpió Kathryn—. Si ya habías visto antes a mujeres como yo, ¿por qué odiarme tanto? Ya deberías estar acostumbrado.

—Lo estaba. Tú eras la sexta.

—Pero tú no odiabas a las otras cinco —replicó Kathryn, frustrada—. Lily me habló de ellas. Tu madre te gustaba. La última intentó meterse en tu cama más de una vez y tú te reías cada vez que la sacabas al pasillo. Simplemente le dijiste que dejara de intentarlo porque no sucedería nunca, pero ni siquiera se lo dijiste a tu padre. No la odiabas y sabías que era todo eso de lo que me acusas a mí.

—¿De verdad quieres decir que tú no eres esas cosas? ¿Que eres en realidad el dechado de virtudes que tanto he leído en la prensa? Vamos, Kathryn. No puedes creer que sea tan ingenuo.

–¡Yo nunca te he hecho nada! –exclamó ella. Y esa vez no pudo controlar la voz.

Llevaba dentro casi dos años de sentimientos reprimidos. De desprecios y comentarios sarcásticos. De miradas de desagrado y muecas de disgusto.

–No tengo ni idea de por qué me odiaste desde el momento en que me viste. No sé lo que pasa por esa cabeza tuya –se acercó más a él, sin importarle ya cuál fuera su reacción, y le clavó dos dedos en el pecho con fuerza–. Pero a partir de hoy, eso ya no me importa. Trátame como tratas a todos los demás que trabajan para ti. Deja de actuar como si fuera un demonio enviado desde el infierno para torturarte.

Él se había quedado mortalmente quieto. Quieto como una estatua de mármol.

–Aparta tu mano ahora mismo –dijo con furia.

Ella no le hizo caso.

–Yo no tengo que probarte a ti que soy una persona decente. Y me da igual si el mundo se entera de que tu padre te ha obligado a contratarme. Sé que haré un buen trabajo. Mi trabajo hablará por sí mismo. –volvió a clavarle con fuerza los dedos, sin importarle que fuera un gesto suicida. Había cosas peores. Como seguir soportando sus difamaciones–. Pero no pienso escuchar tus insultos nunca más.

–Te he dicho que retires la mano.

Kathryn lo miró a los ojos. Vio en ellos una advertencia y eso debería haberla asustado, pero en lugar de acobardarse, le sostuvo la mirada con dureza.

Y entonces le clavó los dedos, más fuerte aún que antes, justo en el hueco entre los músculos pectorales.

Luca se movió con tal rapidez que ella no tuvo tiempo de procesarlo.

Le clavó los dedos y al instante siguiente estaba apretada contra el pecho de él y con la mano ofensora retorcida en la espalda. Fue perturbador. El corazón le latió con fuerza en el pecho y el rostro moreno y atractivo de él estaba demasiado cerca del suyo y los dos se tocaban, sin que su vestido ofreciera una barrera suficiente para impedirle notar cosas como el aroma de él, una mezcla de cítrico y especias. O el calor que emanaba de él como si fuera un horno. Y la fuerza lánguida que hacía que algo se moviera en el interior de ella.

Y luego un zumbido.

—Esto, estúpida —escupió Luca, con la boca tan cerca de la suya que Kathryn podía saborear las palabras en sus propios labios. Podía saborearlo a él y se estremeció indefensa, totalmente incapaz de ocultar su reacción—. Esto es lo que pienso de ti.

Y a continuación aplastó su boca contra la de ella.

# Capítulo 3

NO PREGUNTÓ. No vaciló. Simplemente lo hizo.

La boca de Luca descendió sobre la de ella y Kathryn esperó el puñetazo de terror, de pánico, que en el pasado había acompañado siempre cualquier amago de interés sexual dirigido a ella.

Pero no se produjo.

Él la besó con la seguridad en sí mismo que le hacía ser quien era. La besó una y otra vez, sujetándole todavía el brazo a la espalda y deslizando la mano libre por la mandíbula para guiarla a donde quería que estuviera.

Hábil. Caliente.

Delicioso, salvajemente masculino.

La besó como si lo hubiera hecho un millar de veces. Como si los dos últimos años hubieran ido dirigidos hacia allí. A ese lugar caliente e imposible que Kathryn no reconocía y en el que no sabía moverse.

No le quedaba otra cosa que rendirse al fuego fundido que la recorría y se acumulaba en los peores lugares. En la pesadez de los pechos, apretados con fuerza en el torso de él. Y en la sensación ingrávida que se hundía en su vientre y palpitaba caliente.

Necesitada. Insistente.

Y Kathryn olvidó quién era él y que había sido su madrastra durante dos años, aunque él era ocho años mayor que ella. Olvidó que, además de ser su crítico más duro y su peor enemigo, a partir de ese momento iba a ser su jefe.

Lo olvidó todo menos el sabor de él. La dulce magia que creaba, el modo en que se imponía como si supiera las cosas que quería su cuerpo y lo que podía hacer, cuando ella no tenía ni idea. Estaba simplemente perdida... a la deriva en el fuego. En las llamas ansiosas que la lamían por dentro y le hacían responder a las caricias de la lengua de él, a su glorioso sabor...

Él la apartó y a ella le dolió.

—¡Maldita seas! —murmuró Luca, seguido de algo en italiano que parecía todavía más duro.

Pero pareció que tardaba mucho en soltarla.

Kathryn no podía hablar. No entendía las oleadas que recorrían su cuerpo y hacían que la sangre pareciera tronar en sus venas y sintiera la piel demasiado tensa para contener todas las sensaciones que no sabía nombrar.

Se miraron mutuamente. La expresión de él era tensa y dura y no hacía nada por disminuir su belleza viril.

—Me has besado —dijo Kathryn. Y se arrepintió enseguida.

Pero sentía el sabor de él en su boca y no sabía cómo procesar la sensación caliente y suave que la invadía y se concentraba entre sus muslos.

La expresión de él se volvió aún más oscura y tormentosa.

–No se te ocurra probar ese juego inocente conmigo –dijo entre dientes.

–No sé qué significa eso.

–Significa que conozco la diferencia entre una virgen y una ramera, Kathryn –dijo él, y su furia era como un hierro candente que marcara la carne de ella–. Y, desde luego, puedo saborearla.

Kathryn se dio cuenta de que no sabía cómo contestar a aquello.

–Luca –dijo con toda la cautela que pudo, teniendo en cuenta que su cuerpo estaba perdido en el tumulto de aquel beso interminable y que no sabía cómo era capaz de hablar–. Creo que podemos achacar esto a una respuesta emocional en un día muy difícil y...

–Yo no seré tu próxima presa, Kathryn –la interrumpió él–. Escúchame bien. Eso no ocurrirá.

–Yo no busco presas –ella parpadeó. La habitación parecía vibrar en los lugares donde no estaba Luca, como si él fuera un agujero negro–. ¿Qué clase de vida llevas que te hace decir esas cosas?

Él extendió el brazo y la atrajo hacia sí. Y el fuego, que no se había apagado, se reanimó aún más. Fiero y salvaje. Casi derribándola.

–No te quiero en mi oficina –gruñó él–. No quiero que contamines el apellido Castelli más de lo que ya lo has hecho. No te quiero en ningún lugar cercano a las cosas que me importan.

A Kathryn le castañetearon los dientes aunque no tenía frío.

–Esa amenaza resultaría mucho más terrorífica si no me estuvieras tocando –consiguió señalar, aunque su voz no era tan serena como le hubiera gustado–. Otra vez.

Luca se echó a reír, aunque su carcajada no se parecía en nada a la risa libre y dorada que le había hecho ser querido en todo el mundo. La soltó. Si Kathryn no supiera que era imposible, si se hubiera tratado de cualquier otro hombre con la colección normal de debilidades en lugar de un monolito donde debería tener el corazón, habría pensado que él no había querido agarrarla en primer lugar.

–Jamás me rebajaré a las sobras de mi padre –le dijo, mirándola con dureza por si ella sentía tentaciones de fingir que no había oído eso–. Ni te permitiré corromper a la buena gente de mi oficina con tus manipulaciones repulsivas. Tu juego no funcionará conmigo.

–Claro –repuso ella–. Me imagino que por eso me has besado. Para demostrar lo inmune que eres a mí.

Luca se quedó inmóvil.

Tan inmóvil que Kathryn dejó de respirar a su vez, como si el más ligero ruido pudiera hacerle explotar. Sus ojos oscuros estaban fijos en ella. La banda eléctrica desesperada y peligrosa que había entre ellos parecía tensarse más, tirar con más fuerza. Con tanta fuerza que palpitaba dentro de ella, insistente y hostil. Tan letal que habría jurado que podía verla impresa en cada uno de los duros músculos de él.

La lluvia golpeaba los cristales detrás de ella y en alguna parte de la casa, el pequeño Renzo soltó uno de sus gritos agudos infantiles que tanto podían ser de alegría como de peligro.

Luca movió levemente la cabeza, como si saliera

de un encantamiento. Se apartó y su expresión cambió de la dureza a algo más parecido al disgusto.

–Te arrepentirás de esto –le prometió.

Kathryn tragó saliva con fuerza.

–Tendrás que ser más específico. Esa es una amenaza muy general.

–Me aseguraré de ello aunque sea lo último que haga –dijo él, como si ella no hubiera hablado.

Su voz trasmitía certeza y finalidad, y golpeó en el interior de ella como un gong. Kathryn permaneció donde estaba, aturdida, con la boca dolorida por su beso y el cuerpo perdido en una extraña rebeldía, y lo miró alejarse.

Quería olvidar todo aquello. Aceptar el dinero que le había ofrecido Rafael y desaparecer con él. En esos momentos podía tener la vida que quisiera, ser quien ella quisiera, lejos de la sombra de los Castelli, en la que había vivido tanto tiempo.

Pero eso significaría que los dos últimos años de su vida habían sido en vano. Que los había tirado a cambio de dinero. Significaría que era la mujer que Luca creía que era... y que todos los sacrificios de su madre al final no habían servido de nada. Que en su vida solo había culpabilidad y fracaso.

Y Kathryn podía soportar muchas cosas. No tenía elección, considerando el fracaso que había resultado ser a ojos de su madre. Simplemente no era capaz de empeorar todo eso aún más. Había una parte de ella que estaba convencida, incluso después de tanto tiempo, de que, si se esforzaba lo suficiente, podría conseguir que su madre la quisiera. Solo tenía que hacer lo correcto por una vez.

–Me alegro de que hayamos tenido esta conversación –dijo, dirigiendo su voz a la espalda de él. ¿Quería jugar al tiro al blanco? Ella también podía hacerlo–. Así el lunes será mucho más interesante para todos.

Él no se volvió, pero aflojó el paso.

–¿El lunes? –preguntó.

Kathryn pensó entonces que, si fuera la buena persona que siempre había creído ser, seguramente no disfrutaría tanto de aquel momento, de aquella minúscula victoria casi sin sentido.

–Oh, sí –dijo con deliberada calma y un leve matiz triunfal en la voz–. Empiezo el lunes.


Luca sabía que no debería haberla tocado.

Y, desde luego, no debería haber probado su sabor.

Pero siempre había sido un tonto en lo relativo a aquella mujer, y por si hubiera sentido tentaciones de dudarlo, ella lo persiguió todo el camino de vuelta a Roma.

Luca llegó a la ciudad desde el aeródromo privado de la familia, jugándose la vida en un vehículo largo y elegante que convertía el caótico tráfico de Roma en un juego de ingenio, riesgo y excitante velocidad. Y lamentó llegar a la villa de estilo renacentista que albergaba su negocio y su casa, porque jugar con su vida a alta velocidad en las calles de la antigua ciudad que amaba le resultaba preferible, y mucho menos peligroso, que permitirse pensar en Kathryn.

Lanzó las llaves al ayudante que esperaba en el

garaje y entró en el edificio, solo para encontrarse poco después inmóvil en la zona de recepción, pensando en los ojos de ella con el tono verde soñador de después de besarla y en su boca sensual...

Lanzó una ristra de maldiciones. Se pasó ambas manos por el pelo y se dirigió a las oficinas que ocupaban las dos primeras plantas de aquel edificio bien conservado del barrio Tridente de Roma, a un tiro de piedra de la Escalera Española y la Piazza del Popolo.

Su despacho. Su único amor verdadero. Lo único que había amado. Lo único que parecía devolverle ese amor con un éxito detrás de otro.

Vivía en el ático que ocupaba las dos plantas superiores, y hacia allí se dirigió en su ascensor privado, a las habitaciones que había amueblado con cromo y cristal, espacios abiertos y arte minimalista, para disfrutar más de la historia de las piezas que adornaban las paredes, de los frescos de los techos y de las vistas de la Roma hermosa, insomne y frenética de fuera de las ventanas. Se desnudó en su dormitorio de techo de cristal y acero y salió a la piscina situada en la terraza que rodeaba el dormitorio principal y ofrecía una vista de trescientos sesenta grados de la Ciudad Eterna.

Si Roma podía mantenerse en pie durante más de dos mil quinientos años, él, Luca, tenía que poder sobrevivir al ataque de Kathryn. Ella no sabía lo que le esperaba. Él era un jefe duro, exigente y feroz, o eso decían sus fieles empleados en su cara. ¿Qué podía saber del mundo empresarial una esposa trofeo? Quizá tuviera la fantasía de verse como una mujer de negocios, pero probablemente no duraría ni una semana.

Luca se sentía todavía nervioso y acalorado, a pesar del frescor de la velada invernal y del golpe del viento. Descontrolado. Tenso y disgustado consigo mismo. Se dijo que debía de ser por la pena, aunque no había estado muy unido a su padre. Alguna vez había deseado comprender mejor al hombre cuya sombra había caído sobre él todos esos años, pero no lo había hecho.

Quizá el entierro le había afectado más de lo que esperaba.

Porque no podía entender por qué había besado a Kathryn. ¿Qué demonios le ocurría?

¿Cómo podía hacer eso él, un hombre que se enorgullecía de mantener su vida siempre ordenada y libre de todo lo que se pareciera a aquel tipo de maraña emocional?

Se lanzó a la piscina de agua caliente y empezó a nadar con fuerza. Se dejó absorber por el ritmo de las brazadas, por el peso y el movimiento del agua contra él y por el calor creciente de su cuerpo a medida que seguía nadando.

Una brazada tras otra. Y otra vez.

Nadó mucho rato, se empujó a ello sin tregua, pero no sirvió de nada. Ella seguía allí, ocupando su cabeza, recordándole lo vacío que estaba en todos los demás sitios.

Grandes ojos grises. Toda aquella melena oscura y el flequillo que, por alguna razón, la hacía parecer más misteriosa. Toda ella metida a calzo en él, como una astilla irregular que no podía quitarse y que lo único que conseguía al intentarlo era clavarla cada vez más profundo. Pensaba en ella hasta el punto de que ya no sabía quién era cuando estaba cerca de ella ni lo que podía hacer.

Dejó de nadar y golpeó con fuerza el costado de la piscina.

Él no tonteaba jamás en la empresa. Era lo bastante inteligente como para no lanzar granadas de ese tipo en medio de su vida. No tocaba a sus empleadas y, desde luego, no jugaba con los despojos de su padre. Había sido un niño rebelde y enfadado, abandonado a menudo por su padre durante meses en la vieja mansión por los problemas que causaba. Había superado aquel comportamiento cuando todavía era un niño. Y había pasado su vida de adulto evitando ese tipo de líos.

Aquello no tenía sentido.

Salió de la piscina y se envolvió en una de las toallas que sus empleados tenían siempre preparadas. Volvió dentro, sin casi fijarse en cómo teñía el sol de naranja y rosa el cielo al ponerse por el horizonte. Ni siquiera cuando estuvo de pie delante de uno de los ventanales que daban a las calles adoquinadas que llevaban hacia la Piazza di Spagna y la famosa Escalera Española, donde daba la impresión de que algunas noches se reunía media ciudad.

Él solo veía a Kathryn, vestida con la ropa del entierro como una viuda de cuento de hadas, y eso tenía que acabar. Antes de ese día tenía ya dos marcas negras en su contra. La primera, su matrimonio con el padre de él. Y el desagradable hecho de su presencia en la prensa rosa, la interminable canonización de «Santa Kate», descrita hasta la náusea como la jovencita valiente que se había enfrentado a un sinfín de dragones en aquella tempestuosa y antigua familia italiana.

Eso le asqueaba. Y Luca se dijo que ella también le asqueaba.

El beso de aquel día era la tercera marca negra. Luca no podía fingir que no lo había empezado él, que no la había atraído hacia sí con el tipo de pasión desenfrenada que creía haber eliminado de su vida. ¿Cuántas veces había visto aquel estúpido anhelo en su padre? ¿Cuántas veces había criticado a su hermano por su angustia interminable respecto a Lily? ¿Cuántas veces lo habían traicionado sus sentimientos de niño? Hacía mucho tiempo que se había prometido que se mantendría al margen de ese lodazal, y la verdad era que eso no le había resultado difícil.

Hasta Kathryn. Y había sido él el que la había besado. Aceptaba esa debilidad, incluso si no podía comprenderla.

El problema estaba en el modo en el que ella le había devuelto el beso.

El modo en que se había derretido contra él. El modo en que había abierto la boca y jugado con la lengua. El modo en el que se había apoyado en él hasta que él casi había olvidado quiénes eran y dónde estaban. Que ella era la viuda de su padre y que estaban muy cerca del mausoleo familiar donde acababan de enterrar al viejo.

Estaba enfermo, de eso no cabía duda. Y el hecho de que todavía se excitara pensándolo, así lo demostraba.

Pero ¿a qué jugaba ella?

Tenía que admitir que era convincente. Casi parecía inocente. Y él tenía todavía su sabor en la lengua.

Eso era lo más exasperante de todo.

Y mientras el sol de invierno caía detrás de los edificios de Roma, Luca se juró que no solo haría aquella aventura empresarial en Roma lo más desagradable posible para la viuda de su padre, sino que además haría algo mucho peor.

Mancillaría el halo de «Santa Kate» y a ella de un modo irremediable.


Cuando Kathryn llegó a las elegantes oficinas de Bodegas Castelli, en uno de los barrios más encantadores de Roma, a las nueve de la mañana en punto del lunes, iba preparada.

Aquello era la guerra. Había perdido una batalla en la biblioteca, pero eso no significaba nada. Había sido una pequeña batalla. Un beso, nada más.

Lo que importaba era la guerra.

La recepcionista la recibió con frialdad en italiano y fingió no entender los intentos de Kathryn por hablar el idioma. Luego contestó al teléfono en un inglés perfecto sin dejar de mirarla. Terminó la llamada con expresión impasible, pero Kathryn captó una luz triunfal en su mirada.

Se obligó a no reaccionar.

–¡Qué bien! –exclamó, también con voz fría–. Habla inglés después de todo. Por favor, dígale a Luca que he llegado.

No esperó la respuesta de la otra mujer, sino que se

sentó en una de las rígidas sillas antiguas alineadas en la sala de espera y fingió que estaba muy cómoda mientras esperaba. Y esperaba.

Y esperaba.

Se recordó que aquello era la guerra. Y durante el fin de semana, había caído en la cuenta de que, a pesar de su antipatía por ella, Luca no sabía quién era ni con quién estaba tratando. Solo veía una imagen de ella como la cazafortunas que había atrapado a su padre. Kathryn había decidido que eso implicaba que ella llevaba ventaja. Y, si quería dejarla anclada en el purgatorio toda la mañana, muy bien. No les daría ni a la recepcionista ni a él la satisfacción de mostrar ninguna señal de impaciencia.

Mantuvo su atención en el teléfono móvil. Le mandó un mensaje a su madre para hacerle saber que había empezado a trabajar en Bodegas Castelli como había planeado y después leyó la prensa durante una hora.

Cuando Luca apareció por fin, lo sintió antes de verlo por la oscura corriente eléctrica que le ponía de punta todos los pelos del cuerpo. Se obligó a tomarse su tiempo antes de alzar la vista.

Y allí estaba él.

Ese día le pareció todavía más atractivo, con un traje más informal que el que había llevado al entierro, con el cuello de la camisa blanca abierto mostrando un trozo de su piel morena y del pecho perfecto que ella sabía que tenía.

Se dijo que empezaba a encontrar casi encantador hasta el ceño fruncido de su rostro. Como una canción de amor de un ogro.

–Llegas tarde –dijo él.

Aquello era muy injusto, pero Kathryn sabía que no tenía sentido discutirlo. Además, Luca le había advertido de que no se quejara y no lo haría. Kathryn se levantó y se alisó la falda.

–Pido disculpas. No volverá a ocurrir.

–Eso lo dudo –repuso él, con una voz casi alegre, lo cual resultaba alarmante.

Ella no se molestó en contestar. Se acercó a él. La expresión de Luca era impenetrable y Kathryn odiaba no saber lo que ocurría detrás de sus brillantes ojos oscuros. Caminaron juntos hacia el corazón de las oficinas de Bodegas Castelli. Ella creyó notar que él le miraba la ropa, una falda de tubo y una blusa de seda conservadora que no podía ofender a nadie. Pero, cuando se arriesgó a mirarlo de soslayo, él tenía la vista clavada al frente.

Se detuvieron en la puerta de cristal de una gran sala de conferencias con altos ventanales y él saludó con la mano al grupo de personas que se hallaban sentadas alrededor de la mesa. «Mis colegas», pensó Kathryn, con una ingenua oleada de placer que se terminó en cuanto se dio cuenta de que ninguno la miraba con nada parecido a una sonrisa.

Se quedó inmóvil al lado de Luca, que tenía ya una mano en el picaporte.

–¿Qué les has dicho? –preguntó.

–¿A mi gente? –inquirió él, con aire triunfal–. La verdad, por supuesto.

–¿Y qué verdad es esa?

–Solo hay una –repuso él–. La presumida esposa trofeo de mi padre ha insistido en que le diéramos un empleo que no se merece. No teníamos puestos libres, así que hemos tenido que hacer algunos cambios.

–Había asumido que me darías tareas de limpieza. –Kathryn enarcó las cejas–. ¿La idea no era hacerme esto lo más desagradable posible?

–Te he nombrado mi ayudante ejecutiva –repuso él con ojos brillantes–. Es el puesto más codiciado en esta rama de la empresa. Solo tienes que responder ante mí, ¿sabes? Eso es mucho poder.

Ella frunció el ceño.

–¿Por qué has hecho eso? ¿Por qué no me has puesto a archivar cosas en un sótano?

–Porque eso solo retrasaría lo inevitable, madrastra. Estoy bastante seguro de que no durarás los tres años estipulados. Pero, si te vas en tres días o tres semanas, mejor.

Kathryn se puso rígida.

–No me iré.

Luca señaló con la cabeza al grupo de personas reunidas dentro de la habitación, todas las cuales la miraban con manifiesta hostilidad.

–He seleccionado personalmente a toda esa gente. Se han ganado el puesto que tienen aquí. Funcionan bien juntos, forman un buen equipo. Pero les he informado de que todo eso es agua pasada, pues hay que incluirte a ti, nos guste o no –la miró–. Y como puedes ver, están encantados.

Kathryn sintió un nudo en el estómago al comprender lo que él había hecho. Sus patéticas fantasías de distinguirse como fuera a base de trabajar duro en algún rincón olvidado de las oficinas en el que pudiera brillar se disiparon en el acto.

Su madre se pondría furiosa. Diría que eso era lo que ocurría cuando Kathryn intentaba desafiarla y arreglárselas sola.

–Me has pintado una diana en la espalda –le dijo a Luca–. Y lo has hecho deliberadamente.

Él sonrió, pero la sonrisa no añadió calidez a su rostro ni mejoró la situación en lo más mínimo.

Abrió la puerta de la sala de conferencias y la arrojó a los lobos.

# Capítulo 4

TRES semanas y dos días más tarde, Kathryn subía de nuevo al jet privado de la familia Castelli en el aeródromo de las afueras de Roma, esa vez en su calidad de empleada más odiada de la oficina de Luca. Subió los peldaños con la espalda recta y la cabeza alta porque aquel título suponía un ascenso con respecto al anterior de madrastra más odiada en la historia de la familia Castelli.

Pensó que tenía todo aquello del odio controlado.

El truco estaba en la sonrisa.

Kathryn sonreía siempre que entraba en una habitación y se interrumpía bruscamente la conversación. Sonreía cuando sus compañeros de trabajo fingían no comprenderla y le hacían repetir la pregunta una y dos veces para que se sintiera tonta con sus palabras pendiendo en el aire entre ellos. Sonreía cuando la ignoraban en las reuniones. Sonreía cuando le hacían preguntas sobre proyectos pasados que no podía conocer. Sonreía cuando Luca la reñía por permitirle a la gente acceso sin restricciones a él y sonreía todavía más cuando él dejaba entrar y salir a su gente por la puerta lateral de su despacho para hacer personalmente lo que le prohibía a ella.

Sonreía una y otra vez. La ventaja de haber salido

tanto en la prensa y de que esta dijera lo buena y sa-
crificada que era significaba que podía usar a «Santa
Kate» como guía en sus relaciones en la oficina. Sobre todo porque sabía perfectamente que, cuanta menos reacción mostraba, más irritaba a sus colegas.

Luca, por supuesto, era otra cuestión.

Kathryn subió al avión y se dirigió al espacio de-
corado como sala de estar. Se sentó con una sonrisa
serena en el sofá curvo de cuero que ocupaba el centro del espacio. Luca estaba ya instalado en una de
las mesas laterales rodeadas de tres lujosos sillones,
con una mano en el pelo y la otra sujetando el móvil
contra su oreja.

La miró cuando terminó su conversación.

—Todavía estás aquí –dijo.

Ella sonrió aún más.

—Por supuesto. Te dije que no me iría.

—No es posible que hayas disfrutado estas últimas
semanas.

—Tú te has esforzado mucho para que no lo hiciera
–musitó ella. Sonrió–. Muchas gracias.

Él frunció el ceño y ella volvió a sonreír.

—Esta mañana estabas en la oficina cuando he llegado –dijo Luca.

—Todas las mañanas.

—¿Cómo dices?

—Cuando llegas todas las mañanas, estoy en la
oficina –explicó Kathryn con suavidad–. Tu ayudante no puede llegar tarde como me ocurrió a mí el
primer día, ¿verdad? Eso no está bien.

A Luca le brillaron los ojos.

—Pero debe de haber otras cosas que podrías hacer

con tu tiempo –dijo–. Viajes a los lugares que frecuentan los hombres ricos para elegir mejor a tu próximo blanco, por ejemplo.

–Había planeado hacer eso este fin de semana, por supuesto –repuso ella con su voz más dulce y profesional–, pero como tú has organizado este viaje a California, creo que la caza de fortunas tendrá que esperar.

Él no volvió a dirigirle la palabra hasta que el avión alcanzó altitud de crucero y la auxiliar de vuelo hubo colocado bandejas de comida en la mesa baja de madera oscura que ocupaba el centro de la sala. A Kathryn le sonó el estómago, lo que le hizo recordar que no había almorzado ni desayunado, aunque su dedicación al trabajo no pareciera notarse en la oficina, donde ella no podía hacer nada bien.

«A eso ya estás acostumbrada, ¿verdad?», le preguntó su vocecita interior. Pero la apartó. La decepción de su madre con ella le dolía, pero tenía sus razones. Kathryn era muy consciente de sus deficiencias, y no solo porque las había oído muy a menudo.

Si no hubiera sido tan deficiente, no habría pensado que el matrimonio con Gianni era la opción perfecta para ella, sino que habría aprovechado su máster para sobresalir, que era lo que se esperaba de ella.

–Cuéntame la historia –dijo Luca cuando llevaban un rato comiendo en silencio.

Tenía un planto en la mesa delante de él y comía lánguidamente. Pero su aparente indiferencia no hacía que a Kathryn le latiera más despacio el corazón. Tampoco ayudaba que estuvieran encerrados juntos en el avión y ella no pudiera dejar de pensar en eso.

Estaban solos en medio del Atlántico de noche.

Había estado pocas veces a solas con Luca. Casi siempre había habido alguien más alrededor. Gianni. Otros miembros de la familia Castelli. Empleados. Y la semana del entierro, Rafael y su familia, que podían entrar en cualquier momento.

Aquella era la primera vez en más de dos años que estaban solos en un espacio.

«Hay un piloto y una auxiliar de vuelo», se recordó. «No estáis solos».

Pero sabía que ninguno de los dos empleados molestaría a Luca a menos que él los llamara. A todos los efectos, era como si estuviera atrapada en una isla desierta con aquel hombre.

Eso la llevó a pensar en un Luca medio desnudo, con el cuerpo brillando bajo un sol tropical.

Y la mirada oscura y hambrienta que apareció en los ojos de él le hizo sospechar que él entretejía imágenes parecidas.

–¿Qué historia? –preguntó ella.

–La conmovedora historia de cómo una mujer obviamente virtuosa como tú se enamoró apasionadamente de un hombre que podría ser su abuelo, por supuesto. ¿Cuál si no?

Kathryn sabía que aquello pretendía ser un insulto. Pero ni él ni nadie le habían preguntado nunca aquello. El mundo entero creía saber por qué una mujer más joven se había casado con un hombre mucho más mayor, y aquello, por supuesto, no era del todo falso. Había razones, y algunas de esas razones eran económicas. Pero eso no implicaba que hubiera sido algo tan frío y calculado como Luca estaba decidido a creer.

–No fue un cuento de hadas –le dijo. Colocó los pies debajo de su cuerpo en el sofá y se bajó más la falda hacia las rodillas–. Fue simplemente... agradable. Lo conocí accidentalmente en un establecimiento que cuida de personas con problemas degenerativos de salud.

Luca hizo una mueca.

–¡Qué conmovedor!

–Supongo que sabes que tu padre no estaba bien –Kathryn se encogió de hombros–. Fue a ver a un especialista, yo estaba en la sala de espera y empezamos a hablar.

–¿Y asumo que habías ido allí a pulir un poco tu halo y hablar de ello en la prensa?

Kathryn pensó en su madre y en el modo en que la había traicionado su cuerpo al fallarle antes de tiempo.

–Tenía planes para mi vida, Kathryn –decía siempre Rose–, pero los dejé de lado por ti.

¿Y cómo podía ella no hacer lo mismo por su madre?

–Algo así –respondió, porque aquel hombre no se merecía saber nada de su madre ni de su lucha, ni de las decisiones que había tomado Kathryn para honrar los sacrificios que había hecho por ella, aunque hubieran sido decisiones equivocadas–. Prefiero que mi halo esté brillante, ¿sabes?

Luca soltó una carcajada y la risa iluminó su rostro e hizo que el aire vibrara y danzara entre ellos un momento. Cuando él se dio cuenta, se detuvo en el acto.

Pero Kathryn aceptó aquel regalo inesperado, sin

pararse a pensar por qué consideraba un regalo nada de lo que hiciera aquel hombre.

–¿Y en la sala de espera se apoderó de ti una pasión fulminante por un septuagenario? –preguntó él, con voz más dura que antes–. He oído que eso pasa. Aunque no les pasa a menudo a mujeres veinteañeras, a menos, claro, que hablarais de sus posesiones.

–Me gustó –repuso Kathryn, y esa era la verdad sobre su matrimonio, circunstancias atenuantes aparte. Se encogió de hombros–. Me hacía reír y yo también a él. No fue sórdido ni mercenario, por mucho que te empeñes tú. Fue un buen amigo para mí.

Un amigo de los mejores que había tenido, desde luego.

–Un buen amigo.

–Sí.

–Mi padre, Gianni Castelli, un buen amigo.

Kathryn suspiró. Dejó su plato sobre la mesa.

–Asumo que tú, en tu infinita sabiduría, has decidido que eso también es imposible.

Esa vez la risa de Luca no fue un regalo.

–Mi padre nació rico y su único objetivo en la vida fue aumentar esa riqueza –dijo con dureza–. Eso fue su oficio y su vocación y se dedicó a ello en cuerpo y alma desde que aprendió a andar. Su hobby favorito era el matrimonio, cuanto menos acertado, mejor.

–Creo que no conocías muy bien a tu padre –repuso Kathryn. Alzó las manos para defenderse de la mirada airada de él–. Solo quiero decir que no lo conocías en el mismo sentido que yo.

–Tú lo conociste dos años y yo toda mi vida.

–Un hijo no puede conocer a su padre –ella se encogió de hombros–. Solo puede saber qué clase de padre era o no era, y, a partir de ahí, juntar las pistas que pueda sobre él. ¿No es esa la historia del mundo? Nadie conoce nunca a sus padres. No del todo.

Desde luego, ella no conocía a los suyos. Su padre se había largado antes de que naciera y su madre había renunciado a todo lo que le importaba para que Kathryn no tuviera que vivir con ese peso. Kathryn conocía su sacrificio. Su madre le recordaba a la menor oportunidad todo lo que había dejado atrás por ella. Pero no podía decir que comprendiera a la mujer, y mucho menos el modo en que la había tratado toda su vida.

En la mandíbula de Luca se movió un músculo.

–Conocí a mi padre mucho más tiempo que tú –dijo entre dientes–. No tuvo amigos. Tuvo conocidos de negocios y una colección de esposas. En su vida todo el mundo tenía asignado un papel y él esperaba que lo interpretara, y pobre del tonto que no estuviera a la altura de sus expectativas.

–¿Esa es la causa de todo esto? ¿De todo el odio y las amenazas? –preguntó ella. Echó la cabeza a un lado e hizo la pregunta que sabía que no debía hacer–. ¿Tienes temas sin resolver con tu padre?

Luca emitió un sonido de furia y a Kathryn se le encogió el corazón. Pero él no se movió y ella observó, tan fascinada como alarmada, cómo controlaba él su furia. Seguía sin moverse. La miraba como si quisiera azotarla. Y ella pensó que su pregunta había sido más acertada de lo que había creído al hacerla.

Pero entonces él parpadeó y la crisis pasó. Solo quedó la fuerza de su odio habitual. Eso y el resto de adrenalina que corría por las venas de ella.

—¿Por qué yo? —preguntó él, con más dureza todavía que antes—. No he ocultado mi opinión sobre ti. ¿Qué clase de masoquismo te llevó a colocarte en mi camino cuando debías saber que lo tendrías mucho más fácil en otra rama de la empresa?

—¿Eso es un modo velado de preguntarme si te persigo a ti por tu fortuna? —inquirió ella, que no sabía por qué no podía apartar la mirada de la de él. ¿Por qué la invadía de aquel modo? ¿Por qué sentía que él tenía más control sobre ella que ella misma?

—Si ha sido velado, es que no he hecho bien la pregunta —repuso él.

La sonrisa de Kathryn era forzada, pero no dejó que se borrara. De pronto tuvo la extraña idea de que era lo único que tenía.

—Consideré trabajar para tu hermano, por supuesto —repuso con calma—. Dudo de que me aprecie mucho, pero con él no hay nada de... esto —movió la mano entre ellos—. Habría sido más fácil, sí.

—Entonces, ¿por qué? —repitió Luca la pregunta—. ¿Para castigarnos a ambos?

—Tu hermano mantiene el negocio y se le da muy bien —repuso Kathryn—. Se asegurará de que el apellido Castelli continúe así y no pierda terreno con él. Es una mano muy firme al timón.

—¿Y yo qué soy? ¿El conductor ebrio de ese escenario? Conduzco muy deprisa, Kathryn, pero nunca ebrio.

—Tú eres el innovador —respondió ella—. Eres la

fuerza creativa de la empresa. Nunca satisfecho, siempre buscando una nueva frontera –se encogió de hombros, más incómoda de lo que recordaba haber estado nunca con él–. Dejando a un lado mis sentimientos personales, no hay un lugar más emocionante para trabajar. Tú debes de saberlo. Asumo que por eso tus empleados son tan... –Kathryn sonrió más– protectores.

Luca bajó la vista.

–¿Puedes hacer eso? –preguntó, con voz suave pero con un tono extraño–. ¿Dejar a un lado tus sentimientos personales?

Ella lo miró a los ojos sin parpadear.

–Tengo que hacerlo si quiero que este trabajo signifique algo –contestó, consciente de que eso era lo más sincero que le había dicho nunca.

Como si no tuviera nada que perder, cuando tenía tanto. Era su oportunidad de honrar los sacrificios de su madre y de seguir libre.

–Y lo hago –dijo–. A diferencia de ti, yo no tengo elección.


El *château* Castelli, el centro de operaciones de Bodegas Castelli en los Estados Unidos, estaba situado en la parte alta del fértil valle de Sonoma, en el norte de California, con el porte de una gran dama satisfecha de sí misma. Los viñedos se extendían como voluminosas faldas de reina, cubriendo las ondulantes colinas en todas las direcciones y dando la impresión de que cubrían aquella parte del valle hasta el horizonte y más allá. Esa noche la bodega resplandecía en la suave noche invernal, con luces brillantes en todas las ventanas, y una hilera de coches recorría el largo camino de entrada bordeado de cipreses.

A Luca le gustaba aquel espectáculo, el toque italiano presente en todos los detalles, desde la casa hasta los jardines, que podían rivalizar con los Jardines Boboli de Florencia y tanto gustaban a los turistas que llegaban a las catas de vinos de Sonoma.

Esa noche era el baile de invierno anual de los Castelli. Por eso había cruzado Luca el Atlántico y aterrizado una hora antes. Rafael y él tenían que dejar claro a todo el mundo que la muerte de Gianni no había cambiado nada y los negocios en las Bodegas Castelli seguían como siempre.

Miró su reloj por quinta vez en otros tantos segundos, irrazonablemente irritado porque Kathryn no hubiera estado esperándolo cuando salió de su suite, duchado, vestido y recuperado del viaje tanto como era posible en tan corto espacio de tiempo. Oía ya a la banda de música en el gran salón de baile y el sonido de risas y tintinear de vasos llegaba desde abajo hasta el ala donde estaban las habitaciones de la familia.

Miró de hito en hito la puerta de Kathryn, como si así pudiera hacerla aparecer.

Y cuando lo hizo y salió al vestíbulo, Luca sintió que toda la sangre de su cabeza se hundía con un golpe audible hasta su sexo.

–¿Qué demonios te has puesto? –preguntó.

Kathryn lo miró con aquella expresión fría que Luca empezaba a pensar que acabaría matándolo.

–Creo que se llama vestido –musitó ella.

–No –dijo él.

Sí, Kathryn llevaba un vestido. Por los pelos. Un vestido de un blanco roto que debería haberle hecho parecer un fantasma, dada su constitución inglesa, pero que, en lugar de eso, daba la impresión de que resplandeciera. Tenía un escote alto y delicado y no llevaba mangas. Una especie de cinturón ancho elegante envolvía la cintura antes de que la falda, voluminosa, cayera en cascada hasta el suelo.

Nada de eso era el problema. Hasta ahí, la prenda podría haber pertenecido a Grace Kelly.

El problema eran los cortes. Eso era lo que tensaba el cuerpo de Luca, los dos cortes que lucía la parte baja del corpiño y mostraban metros de piel desnuda debajo de los pechos y encima del ombligo, antes de prolongarse encima de las curvas de las caderas.

Luca quería saborear toda la piel que veía. Lo deseaba mucho. Y quería hacerlo ya.

No se dio cuenta de que lo había dicho en voz alta hasta que vio que ella abría mucho los ojos y estos adquirían un tono verde, y entonces ya le dio igual porque había perdido la cabeza. Peor, había perdido el control. La hizo retroceder hasta la puerta cerrada y colocó una mano a cada lado de su cabeza.

–No puedes –susurró Kathryn, con una voz ronca que él pudo sentir en su parte más dura–. Luca, no podemos.

Él no se preguntó qué hacía. Le daba igual. Aquel vestido caía alrededor de ella, seductor e imposible, y él estaba perdido en la elegante línea del cuello y del pelo que se había recogido en un complicado moño en la nuca.

—¿Mi padre te regaló esos diamantes? —preguntó, intentando salir de la niebla de lujuria a cualquier precio. Pero la niebla no se movió ni siquiera cuando alzó un dedo para tocar las piedras resplandecientes que llevaba en las orejas.

Todo aquello estaba mal. Aquel dolor palpitante en el sexo. Aquel deseo imposible que lo invadía y anulaba todo lo demás, incluidas sus buenas intenciones. Él lo sabía. Pero no parecía importarle tanto como debería. Como sabía que acabaría importándole.

—Contéstame —ordenó, con la boca demasiado cerca de la dulce tentación de aquel punto tierno que había detrás de la oreja de ella, y no consiguió identificar la sensación oscura y torrencial que se apoderó de él entonces—. ¿Qué tuviste que hacer para ganártelos?

Kathryn apartó la cabeza, alejándola de los dedos de él y del modo en que jugaba con su oreja, pero era demasiado tarde. Luca vio que se estremecía, vio el pulso que le latía con fuerza en el cuello, vio la carne de gallina en sus brazos desnudos.

No podía fingir que no había visto esas cosas ni que no sabía lo que significaban.

—Estás aquí como mi ayudante y como nada más —le recordó con voz baja y grave—. Esto no pretende ser una oportunidad para que alardees de tus encantos y elijas nuevos clientes.

—Eres repugnante —musitó ella.

Su frialdad cayó sobre él como el gas sobre una llama.

–Una palabra interesante –murmuró. Tenía los labios a poca distancia del cuello de ella y Kathryn se estremeció–. ¿Qué crees que es más repugnante, que yo no te quiera luciéndote aquí, contaminando mi casa familiar y la memoria de mi padre o que tú no tengas inconveniente en llevar un vestido que hace que todos los hombres que te vean no puedan pensar en otra cosa que no sea en ti desnuda?

Ella volvió entonces la cara para mirarlo. Alzó las manos y le empujó por el pecho. Luca no se movió y tuvo el placer, o quizá el dolor, de ver cómo se sonrojaban las exquisitas mejillas de ella.

–Tú eres el único que piensa eso –dijo ella con furia–. Porque eres el único que vive con la cabeza en la cloaca. Todos los demás verán un vestido bonito de un diseñador famoso y nada más.

–Verán a la viuda de mi padre vestida de blanco exhibiendo su cuerpo –la corrigió él–. Verán que no te importa nada el decoro, por no hablar de la memoria de tu querido «amigo».

Ella soltó una carcajada ultrajada.

–¿Y qué debería ponerme? –preguntó–. ¿Un sudario negro? ¿Qué te haría feliz a ti?

A él le temblaron las manos y las aplastó contra la pared porque sabía que, si volvía a tocarla, no podría parar, por mucho que se odiara a sí mismo por ello.

Ni siquiera estaba seguro de que fuera a intentar parar.

–Me contaste tu ridícula historia –le recordó–. Una amistad improbable surgió por casualidad en una sala de espera lejana entre uno de los hombres más ricos del mundo y tú, nuestra santa favorita –ob-

servó cómo apretaba ella los labios, cómo le brilla-
ban los ojos y después se oscurecían–. Creo que vi
en la tele la película sensiblera de la que copiaste ese
cuento. Pero no creo que fuera la verdadera historia.

–Yo no tengo la culpa de que seas tan cínico e
insensible que solo veas en el mundo lo que pones tú
–repuso ella.

En sus ojos había algo más que simple tempera-
mento y eso fascinó a Luca. Pero esa era su maldición, que ella le fascinaba. Quizá le había fascinado
desde el principio. Quizá esa era la verdad que él
llevaba dos años enterrando.

–Pues tengo noticias para ti –continuó ella–. Si te
pasas la vida buscando motivos ocultos y crueldad,
eso será lo único que verás. Es una profecía que se
cumple a sí misma.

–¿Sabes por qué te odio? –Luca no esperó una
respuesta–. No es porque te casaras con mi padre por
su dinero. Eso lo hicisteis todas. Es porque tú te atre-
ves a hacerte la ofendida cuando alguien llama a las
cosas por su nombre. Es porque te crees tu propia
mentira. «Santa Kate» es un mito. Tú no eres ninguna santa.

Ella hizo un gesto de frustración y volvió a empujarlo.

–No puedo controlar lo que piensas de mí. Ni tampoco lo que dice la prensa de mí. Y puede que esto te
sorprenda mucho, pero no me importa si me odias o
no me odias.

Luca no la creyó, aunque no habría podido decir
por qué.

Y algo se quebró en su interior. Se rompió una

cadena y él se movió y bajó la mano para trazar con los dedos el corte del vestido que tenía más cerca. Rozó la tierna piel de la juntura del hombro y el pecho y bajó rodeando el tentador abultamiento del seno para seguir a continuación la tela hacia el vientre.

Ella respiró con fuerza, pero no le dijo que parara. No volvió a empujarlo. Cerró las manos en puños y los apoyó en las solapas de él, animándolo a continuar.

Luca se concentró en aquella tarea. En la yema de su dedo sobre la suave piel de ella. En el fuego que danzaba entre ambos, con las llamas llegando cada vez más alto, hasta que se vio envuelto en la sensación de la piel de ella bajo la suya y en su aroma. Un leve olor a algo tropical en su cabello y las notas sutiles que hablaban de un perfume muy caro que él asociaba ya con ella.

«Esto es una locura», se dijo.

No la besó. No se atrevió a correr el riesgo de que ella no lo parara. Pero se inclinó hasta que sus alientos fueron el mismo aliento. Hasta que pudo ver todo lo que sentía ella en sus expresivos ojos. Hasta que el único punto de contacto, que era su dedo bailando a lo largo del borde de la tela, se volvió erótico.

Se convirtió en todo.

Y él deseaba aquello demasiado. La deseaba a ella. Quería perderse en su interior, arrastrarla consigo hasta el corazón de aquel fuego salvaje que se los comía vivos a los dos.

—Esto —dijo con suavidad— es lo que se pone una ramera cuando quiere anunciar que vuelve a estar disponible. Discretamente, cierto. Pero el mensaje es el mismo.

Sintió que ella se ponía rígida y posó la mano en la piel de su cintura. Su suave calor penetró en la sangre de él y le prendió fuego.

Hizo que el deseo que lo embargaba pasara de ser una palpitación insistente a un rugido.

Pero aunque notaba los estremecimientos que recorrían el cuerpo de ella, y le decían que sentía la misma necesidad que él, Kathryn volvió a empujarlo, esa vez con más fuerza, usando los puños. Y él lanzó un gruñido y retrocedió.

No apartó la mano.

–¿Cuál es el plan, Luca? –la mirada de ella era oscura y él no podía descifrar su expresión. Hablaba con una voz muy fría–. ¿Vas a probar que soy una ramera portándote tú como tal? ¿Crees que es así como se hace?

Luca dejó caer entonces la mano, con mucha mayor renuencia de la que quería admitir. Se apartó con una mueca de desprecio, aunque se preguntaba por qué su reacción ante ella era lo único que no podía controlar.

–No necesito probar esa verdad –dijo entre dientes. ¿Qué demonios le ocurría? ¿Cómo había conseguido ella quitarle el control?–. Sencillamente es así, por mucho que tú intentes negarlo y fingir otra cosa para quedar mejor.

Ella se enderezó.

–Creo que descubrirás que ese cálculo no funciona –repuso Kathryn con voz crispada–. El comportamiento del que hablas siempre requiere dos personas prostituidas. No una ramera y un inocente que se ensucia las manos por accidente y no se corrompe haciendo la misma cosa. Da igual las mentiras que te digas a ti mismo.

Pasó al lado de él y empezó a bajar las escaleras con movimientos tan elegantes y llenos de gracia como si fuera una reina y no la cazafortunas que Luca sabía que era.

# Capítulo 5

LA FIESTA fue larga, brillante y dolorosa.

Claro que siempre lo había sido. Kathryn sabía que, en realidad, no era diferente a las otras veces que había tenido que desfilar por el *château* Castelli en aquella zona de viñedos del norte de California, fingiendo que no oía ni veía los susurros ni las largas miradas especulativas.

Se recordó que aquello era parte de ser famosa. Algo con lo que todos los miembros de la familia Castelli habían aprendido a convivir. ¿Por qué no podía ella hacer lo mismo?

Pero, por supuesto, sabía por qué.

Por Luca. En todas las demás fiestas en las que habían coincidido, él había mantenido la mayor distancia posible, como si temiera que demasiada proximidad con ella pudiera contaminarlo. Pero esa vez ella era su ayudante, ya no su madrastra. Eso implicaba que tenía que estar cerca de él, sin importar lo que había pasado entre ellos en el pasillo de arriba.

Y peor aún, lo que había estado a punto de pasar. Lo que se decía a sí misma que ella jamás habría permitido que pasara, pero sentía que esa mentira le provocaba nudos en el estómago.

Luca la había alcanzado en las escaleras que llevaban al salón de baile, la había fulminado con la mirada y se había colocado a su lado.

–Creo que deberías dejarme en paz –le había dicho ella entre dientes.

–Será un placer –había contestado él–. ¿Eso significa que dimites?

Ella lo había mirado de hito en hito y él la había tomado del brazo y había apretado con fuerza al hacer ella ademán de apartarse.

–Cuidado –le había advertido–. Ya no estamos en privado. Y en público eres la viuda de mi padre y mi ayudante actual.

–Eso es, de hecho, lo único que soy –había contestado ella–. Excepto en la cloaca que llevas en tu cabeza, por supuesto.

–Un escándalo cada vez –había dicho él. La había soltado al llegar a la planta baja–. Creo que por esta noche, el hecho de que la viuda Castelli se ha unido a los empleados, dará ya bastante que hablar, ¿no te parece? A menos que quieras aprovechar esta oportunidad para actualizar tu perfil global y anunciar al mundo que tu caza de un protector ha vuelto a empezar.

–Y por «caza», ¿debo entender que te refieres a algo como lo de maltratarme en el pasillo? ¿Eso era tu versión de una audición?

Luca había sonreído entonces.

–Estoy seguro de que para ti es una tragedia no poder manipularme –había dicho–. No olvides reservar tiempo en mi agenda para que llore por eso. ¿Quizá el mes que viene? Entretanto, quédate a mi lado, no hables a menos que se dirijan a ti directamente. Sonríe, lúcete y procura recordar todos los detalles de todas las conversaciones que tengamos para que podamos comparar notas más tarde.

Ella había parpadeado.

–Ah, ¿qué detalles tengo que recordar?

Él la había mirado y ella había notado que cada vez le resultaba más difícil imaginarse cómo era posible que alguien lo viera como un playboy vago y abúlico cuando la verdad de lo que era resultaba obvia y estaba claramente tatuada en su hermoso rostro.

–Todos los detalles, Kathryn –había dicho, como si ella fuera tonta. Ella odiaba que le hiciera sentir como tal, y sentir al mismo tiempo la necesidad de demostrarle que se equivocaba. Por otra parte, tenía mucha experiencia con esa sensación–. Nunca se sabe qué pequeño detalle puede suponer después una gran diferencia.

Echó a andar delante de ella y, en cuanto entró en el salón de baile, se convirtió en el otro Luca, como si hubiera girado un interruptor.

Un hombre amable y asequible que hacía reír a la gente que lo rodeaba. Siempre tenía una copa en la mano y parecía algo mareado, aunque Kathryn había descubierto que no bebía gran cosa. Daba palmadas en la espalda a unos y besaba en la mejilla a otras. Coqueteaba con todas. Era encantador y nada amenazante.

Kathryn no necesitaba preguntarle por qué se molestaba en actuar de ese modo. El porqué lo entendió casi al instante.

Había pasado mucho tiempo sonriendo al lado de Gianni y nadie había encontrado particularmente encantador al anciano. Siempre estaban en guardia con él. Distantes y cautelosos. Especialmente si participaban de algún modo en el negocio.

Era como si nadie se pudiera creer que aquel Luca Castelli, el que se convertía en el centro de la fiesta, fuera el mismo que dirigía la oficina de Roma con tanta destreza.

Kathryn había oído los rumores que atribuían todo el mérito al buen equipo que tenía. Pero independientemente de las especulaciones que hicieran en privado, cuando estaban en presencia de Luca, disfrutaban de ello. De él. De aquella especie de alegría que esparcía con tanta facilidad.

Y se lo contaban todo.

Secretos. Rumores. Cosas que a sus supervisores, que a menudo estaban en la misma habitación, no les gustaría nada que dijeran en alto.

Kathryn veía que todo el mundo sucumbía al mito dorado de Luca Castelli. Todos, industriales, expertos en vinos o jóvenes proveedores, se perdían por igual en la perfección de su sonrisa invitadora.

Verlo en acción le enseñó muchas cosas, pero, sobre todo, hizo que se sintiera mejor consigo misma por caer tan completamente bajo su embrujo siempre que estaban cerca. No era algo fatal por su parte, como se había imaginado. No era la debilidad de la que desesperaba siempre su madre y que tanto había hecho por erradicar de ella. Era él.

Se retiró al cuarto de baño cuando Luca se metió en un debate sobre un documental que Kathryn no había visto con un puñado de intelectuales que dejaron muy claro que la reconocían y que la consideraban por debajo de su nivel. Muy por debajo. Y a ella no le importaba que pensaran así.

Dentro del lujoso cuarto de baño, se sentó en el sofá de la zona de estar y respiró hondo. Lejos del tumulto de la multitud y de las suposiciones que leía en las caras de la mayoría. Lejos de Luca, al que en realidad debería odiar.

¿Por qué no era así? ¿Por qué no lo odiaba como la odiaba él?

—Estar fascinada con él solo lo empeora todo —se dijo a sí misma en voz alta. Y se sobresaltó cuando se abrió la puerta de la sala.

—¡Oh! —exclamó Lily. Miró a su alrededor como si esperara que hubiera más personas allí, o como si hubiera oído a Kathryn hablar sola como una loca—. No sabía que había alguien aquí.

Kathryn sonrió automáticamente.

—Solo yo —musitó—. Dependiendo de tu punto de vista, eso puede contar o no contar.

La esposa de Rafael se echó a reír. Se pasó las manos por el vientre de embarazada. Estaba resplandeciente con un reluciente vestido azul. Resplandeciente y feliz. Kathryn sintió una opresión en el pecho cuando se dio cuenta de que tardaba un momento en reconocer esa expresión, como si la felicidad le fuera totalmente ajena.

—No le hagas caso a Luca —dijo Lily. Sus ojos se encontraron un momento con los de Kathryn en el espejo y luego apartó la vista—. Ese hombre es un maniático del control. Lo que le pasa es que no soporta las sorpresas.

Abrió el grifo del lavabo y se pasó las manos hú-

medas por las pesadas trenzas que llevaba, recogidas
en un grueso moño en la nuca. A Kathryn siempre le
había caído bien Lily. Era la que menos juzgaba en la
familia Castelli. Siempre había sido amable con ella
y Kathryn había llegado a pensar que, en otras circunstancias, podrían haber sido amigas. Quizá eso
también fuera ingenuo por su parte.

Empezaba a darse cuenta de que era ingenua en
todos los sentidos posibles, algo que hubiera creído
imposible, teniendo en cuenta cuánto se había esforzado su madre por arrancarle eso. Y sin embargo...

–¿Yo soy una sorpresa? –preguntó–. No creo que
sea esa la palabra que usaría Luca.

Lily le lanzó una mirada divertida.

–Todo en ti es una sorpresa –dijo–. Desde el día
en que llegaste. Te niegas a encajar en una de las
cajas deprimentes, funcionales y sobrenaturalmente
limpias de Luca. Él odia eso.

–¿Odia las sorpresas? –Kathryn se rio levemente–.
Yo pensaba que lo único que odiaba era a mí.

Entonces le tocó el turno de reírse a Lily.

–Odia la confusión –dijo–. Siempre la ha odiado.
Si te odia es porque tú le confundes las cosas y no
sabe cómo enfrentarse a algo que no puede esterili-
zar y colocar en un estante. Y, entre tú y yo, eso es
probablemente algo bueno.

Se despidió con una sonrisa y volvió a la fiesta,
dejando a Kathryn pensando en sus palabras.

Pero no por mucho tiempo. Sonó su teléfono móvil y supo que era Luca, así que salió del baño y
volvió a la fiesta antes incluso de mirar la pantallita.

–¿Te has ido de vacaciones? –preguntó él cuando

Kathryn contestó la llamada–. Si no, más vale que estés aquí cuando me gire. No te pago para que vagues por el *château* como uno de los invitados.

–¿Me pagas tú? –preguntó ella con suavidad. Lo vio varios grupos más allá–. Creía que tu padre había fijado un fideicomiso para mí para que no pudieras reprocharme mi sueldo. ¿O fue por otras razones y eso es solo una circunstancia feliz?

–Me voy a dar la vuelta ahora –dijo él. Y ella se detuvo ante él cuando lo hizo.

Sus ojos se encontraron.

Y a Kathryn le costó apartar la vista y concentrarse en volver a guardar el teléfono móvil en el bolsito. Se dijo que en los ojos oscuros de él no había nada excepto lo de siempre: furia mezclada con disgusto.

No comprendía por qué era la única que veía aquella verdad en él. Se dijo que era su imaginación, que cuando volviera a mirarlo habría desaparecido y volvería a ser el hombre mitad perezoso mitad ofensivo de siempre.

Pero aquella furia, aquella necesidad, seguían allí. Aquella ansia la aterrorizaba e intrigaba a partes iguales. Había todo un mundo en aquella mirada y ella no tenía ni idea de qué hacer respecto a eso.

–Creo que te buscan –dijo.

Señaló con la cabeza a una mujer enjoyada, con un elegante vestido hecho enteramente de lentejuelas, que, aunque lejos todavía, parecía ir hacia ellos–. No querrás decepcionar a tus fans con esta actuación tan seria, ¿verdad?

–No es una actuación, es trabajo. Un concepto que no espero que comprendas.

–Estoy segura de que eso es lo que te dices a ti mismo –repuso ella–. Pero es interesante que estés tan decidido a esconder una parte de ti dondequiera que vas, ¿no te parece?

No sabía por qué había dicho eso. Luca se quedó un momento inmóvil, como paralizado. Luego parpadeó.

–Cuidado, madrastra –dijo con rabia–. O podría verme tentado a darles algo de lo que hablar esta noche.

Kathryn tuvo que esforzarse por reprimir un escalofrío. Y, cuando vio el brillo dorado de sus ojos, estuvo segura de que él lo sabía.

Pero entonces Luca se volvió, ya sonriente, y la intensidad oscura de su rostro desapareció como si nunca hubiera existido.

Y Kathryn se recordó que no importaba lo que había dicho en el baño la cuñada de aquel hombre, que había sido en otro tiempo su hermanastra. Lo único que importaba era que ella era su ayudante y, si no podía hacer el trabajo tan bien como debería, todo lo demás que él había dicho de ella sería verdad. Y no solo él.

–Has tenido más oportunidades de las que yo podría haber soñado para mí– le había dicho su madre la última vez que se vieron, en Navidad, con aquella mirada de su rostro que indicaba que Kathryn había vuelto a fallarle una vez más, como siempre–. Y mira lo que has hecho con ellas.

Kathryn no había sabido qué decir ni cómo defenderse. Porque Rose había sido la primera que la había alentado a casarse con Gianni.

–El mundo está lleno de personas que se casan por muchas menos razones que esta –había dicho su madre entonces–, pero, por supuesto, Kathryn, es tu vida. Debes hacer lo que consideres que es mejor para ti, sin importarte quién más se pueda beneficiar.

Y después de las palabras de su madre, Kathryn no había podido pensar en una buena razón para no casarse con aquel anciano amable, sobre todo teniendo en cuenta lo que sabía que ganaría con ello. Le costaría muy poco. Solo tenía que sacrificar un par de años, no su vida entera, como había hecho su madre, y a cambio de mucho menos. Y Rose, desde luego, no había protestado cuando el dinero de Gianni le había permitido a Kathryn comprarle una casita en el pueblo de Yorkshire elegida por ella y pagarle después una ayuda interna.

«Tampoco te ha dado nunca las gracias», le dijo su vocecita interior.

Pero se sintió desagradecida por pensar así. Muchas mujeres no habrían tenido una niña solas, con el padre ya fuera de escena. Rose no había vacilado.

Lo que significaba que Kathryn no podía ser menos... fuera cual fuera la provocación.

Tenía que dejar de preocuparse de Luca Castelli y de lo que pensaba de ella y ponerse a trabajar.


En California se sucedían los días azules y dorados entre reuniones, giras por los viñedos e interminables cenas de negocios, y Luca se sentía disgustado porque Kathryn... hacía bien su trabajo. Más que bien, de hecho, teniendo en cuenta el extraño papel que tenía que interpretar. Mucho mejor que el ayudante al que había desplazado, aunque a él le costara admitirlo. Marco había sido muy buen administrativo, pero poco seguro de sí mismo a la hora de conquistar a clientes potenciales.

Kathryn, por su parte, hacía eso de maravilla.

—No —gruñó una mañana, cuando ella entró en la sala de desayunar ataviada, como siempre en el trabajo, con una falda, tacones altos y una de las suaves blusas que hacían que él fuera incapaz de pensar en otra cosa que en sus pechos debajo de la seda—. No puedes vestir así —musitó.

Y se sintió como un niño mimado con una pataleta. ¿Por qué no podía controlarse con aquella mujer?

—Hoy vamos a caminar entre los viñedos con un cliente. Nos encuentran demasiado europeos para su gusto. Deberíamos impresionarlos con nuestra sencillez.

—No creo que tú puedas convencer a nadie de que eres sencillo —repuso ella.

—Yo soy un camaleón —replicó él con sequedad—. Pero dudo de que tú puedas decir lo mismo.

Se equivocaba. Kathryn salió de la habitación y regresó transformada. Llevaba vaqueros, botas y una camisa suave e informal de manga larga. Se había dejado el pelo suelto y se había desmaquillado. Parecía un anuncio de vida sana californiana. Un sueño hecho realidad.

Los emisarios del cliente en cuestión se mostraron también de acuerdo. Estuvieron pendientes de todas sus palabras y actuaron en general como si

Luca fuera el ayudante, algo que no le irritó tanto como cabría esperar porque así pudo caminar detrás de ella, admirando la curva de su trasero en los vaqueros desgastados.

E imaginándose cómo sería tumbarla entre las ordenadas hileras de viñas y saborear aquella piel dulce y suave y aquella boca que lo llevaba al borde de la locura.

Cuando por fin volvieron a estar solos, después de despedirse de los clientes, que habían duplicado su pedido solo por la fuerza de la sonrisa de Kathryn, se descubrió observándola detenidamente.

—Te dije que podía hacer el trabajo —comentó ella, y Luca se preguntó si era consciente de que hablaba con fiereza—. Cualquier trabajo.

—Lo dijiste, sí.

—Pero no te preocupes —replicó ella—. No dejaré que eso me impida putear por ahí. Sé que necesitas eso para sentirte mejor contigo mismo y, por supuesto, mi único objetivo es complacerte.

Luca apretó la mandíbula y sintió que se le tensaban todos los músculos del cuerpo. Pero había algo en el modo en que se ella se mantenía erguida bajo el brillante sol de invierno, con las manos en los bolsillos de atrás de los vaqueros y el viento de Sonoma jugando con su cabello moreno. Luca sintió una extraña opresión en el pecho, como si una barra de acero se cerrara a su alrededor.

No supo qué hacer con eso. No sabía cómo lidiar con aquello. Ni con ella.

Ni, lo peor de todo, consigo mismo.

—¿Por qué te casaste con él? —preguntó.

Los maravillosos ojos de ella eran grises en aquella luz azul de California y Kathryn no apartó la vista.

–No creo que eso te importe.

–Pues me importa.

–Creo que quieres que haya un motivo racional –repuso ella con calma–, algo que haga que para ti esté bien. Porque, si no, eres un hombre que ha besado a la viuda de su padre. Dos veces.

–¿Y lo hay? ¿Eras una niña pobre de la calle a la que él salvó? ¿Financiabas personalmente un orfanato en peligro y su dinero salvó a muchos niños del desahucio?

Kathryn le sonrió, y no era su sonrisa habitual. No era la sonrisa serena a prueba de balas que mostraba en el trabajo y había usado con él más de mil veces solo en las tres últimas semanas. Aquella otra sonrisa dolía. Era triste y se reflejaba en sus ojos y él no entendía lo que ocurría allí.

–No –dijo ella–. Me casé con él porque quería hacerlo. Él era rico y yo batallaba con mis estudios y con algunos asuntos personales y él me dijo que podía hacer desaparecer todos mis problemas. Eso me gustó. Yo quería eso –su sonrisa se hizo más profunda, y todavía dolía–. ¿Eso es lo que querías oír?

–No me sorprende.

–¿Qué crees tú que es el matrimonio, Luca? –preguntó ella. Y ladeó levemente la cabeza.

Él estaba fascinado por ella, y se le ocurrió que antes nunca habían hablado. Todo habían sido insultos y miradas de rabia. Ella se apartó el pelo de la cara y Luca deseó hacerlo él. Quería tocarla más de lo que recordaba haber querido nunca nada.

Y nunca nada había sido más imposible.

—No me sorprende ni la transacción que hiciste —comentó, consciente de que su voz sonaba demasiado ronca y lo traicionaba—, ni el cálculo frío con un fin monetario.

Pero Kathryn siguió sonriéndole igual, como si él la entristeciera. Como si él le hiciera algo. La banda de acero se apretó todavía más alrededor de su pecho.

—¿Quién eres tú para juzgar? —preguntó ella con suavidad. Y sonó como una bofetada porque carecía del calor de la acusación. Simplemente preguntaba—. Fuimos felices con nuestro acuerdo. Cumplimos las promesas que nos hicimos el uno al otro.

Luca no pudo soportarlo. Se movió hacia ella. Sabía que estaban delante del *château*, donde cualquiera podía verlos, pero no le importaba. Tomó el rostro de ella entre sus manos y se dijo que aquello sería mucho más fácil si ella no fuera tan guapa, si fuera un poco más artificial y un poco menos cultivada.

Si no acabara con todo el control de él.

—Háblame más de lo felices que fuisteis —la desafió, consciente de que estaba furioso. Más que furioso—. De lo perfecto que fue vuestro matrimonio. Una unión de dos almas idénticas, ¿no?

Pero ella no se asustó. No se acaloró ni dio muestras de avergonzarse en lo más mínimo. Alzó las manos y le agarró las muñecas, pero no lo apartó.

—Adelante —dijo él—. Dime cómo cumpliste tus promesas hechas al viejo. ¿Tenías que arrodillarte por contrato delante de él y darle placer un número determinado de noches por semana? ¿O él estaba más allá de eso y tenías que complacerte sola mientras mirabas? ¿Qué promesas cumpliste, Kathryn?

Algo brilló en los ojos de ella y los oscureció, pero no se apartó.

–Lo que me admira de ti –susurró– es que creas que tienes derecho a hacer estas preguntas. Tú no puedes saber lo que ocurrió en mi matrimonio. Puedes volverte loco imaginándote lo que quieras, y espero que así sea. Puedes susurrarle tus sucios pensamientos a quien quiera oírlos. Eso no hace que sean ciertos y, desde luego, no me obliga a comentarlos. Si quieres creer que eso fue lo que pasó entre tu padre y yo, adelante. Créelo.

Había una resolución en su mirada que a Luca no le gustó. Pero no pudo hacer nada al respecto, porque en el camino de entrada a la casa apareció un autobús de catadores de vino.

Y él no tuvo más remedio que soltarla.


Kathryn se despertó cuando la luz de la luna entró por las ventanas y miró confusa el reloj. Eran casi las cuatro de la mañana. Su reloj interno seguía alterado a pesar de llevar ya casi una semana en California y no tardó en darse cuenta de que esa noche no podría volver a dormirse.

Bajó de la cama alta de sábanas de seda y se puso la ropa que había dejado doblada sobre una silla, unos sencillos pantalones de algodón y un jersey de cachemira con capucha. Se recogió el pelo en una coleta en la nuca, se envolvió en una rebeca larga de lana, abrió las puertas de cristal y salió a la terraza.

La luna estaba alta y, tan brillante, que iluminaba todo el valle, y Kathryn podía ver en todas las direcciones, por encima de los cipreses y las hileras de viñas.

–¿No podías dormir? –preguntó una voz masculina, demasiado cerca–. Quizá sea tu conciencia.

Kathryn se volvió lo más despacio posible para contrarrestar el golpeteo de su corazón. Había olvidado que esas dos habitaciones del final de la casa compartían terraza, aunque dividida por una media pared que era más decorativa que otra cosa.

Luca estaba echado en una tumbona, vestido solo con un pantalón de chándal muy bajo en las caderas, como si fuera inmune al aire del invierno.

Y la luz de la luna se arrastraba sobre él, deslizándose en su pecho e iluminando cada centímetro de su sorprendente belleza masculina. Y no hacía nada por templar la dura expresión de su rostro ni el deseo oscuro de sus ojos.

–Lo dice el hombre que parece llevar un rato fuera –repuso ella.

Luca se puso de pie.

–¿Qué haces aquí fuera? –preguntó ella.

–No tengo ni idea –repuso él en voz baja, con la mirada clavada en ella–. Algo de lo que seguro me arrepentiré. Pero eso no es nada nuevo.

A Kathryn se le aceleró todavía más el corazón.

Luca se pasó una mano por el pelo y echó a andar hacia ella como un depredador.

Kathryn sabía que no era ninguna vergüenza dar media vuelta y salir corriendo, encerrarse en su habitación contra un hombre que la miraba de aquel modo.

Pero no pudo decidirse a hacerlo. No podía dejarle que viera hasta qué punto la alteraba. No podía.

Ni tampoco podía moverse.

Él se acercó a la media pared y, sin apartar los ojos de los de ella, saltó por encima con una demostración de gracia masculina que hizo que Kathryn sintiera calor en el vientre y pensara que podía derretirse allí mismo.

Luca no se detuvo. Caminó hasta ella, hundió las manos en su pelo y la atrajo hacia sí. Hacia su boca, peligrosa e imposible, lujuriosa. Hacia sus ojos oscuros que veían demasiado y condenaban profundamente.

—¿Qué haces? —volvió a preguntar ella.

Pero su voz era un susurro, no una protesta, y él lo sabía. Ella lo notó por el modo en que él hundió más los dedos en su pelo y la inmovilizó mucho más.

—Caminar dormido, creo —respondió con aquella voz baja que la quemaba por dentro—. Es un hábito terrible. Peor que el alcohol. Es imposible saber lo que haré en plena noche y habré olvidado por la mañana.

—Luca...

—Te mostraré lo que quiero decir —declaró él.

Su voz era poco más que un gruñido. Y entonces posó sus labios en los de ella.

# Capítulo 6

KATHRYN se dijo que era un sueño.

La luz de la luna. Aquel hombre.

Era un sueño y, por lo tanto, no importaba que se abriera a él. Que le dejara estrecharla contra su pecho desnudo, fresco al tacto pero duro como el acero. Que ella no protestara.

Que le devolviera el beso con la misma ansia, como si hubiera sido ella la que hubiera ido hasta él.

Y todo era calor. Fuego. Necesidad y anhelo hechos reales en la noche plateada.

Las manos grandes y duras de él tomaron su rostro y la sujetaron donde querían tenerla.

Y asaltó su boca con los labios y los dientes, con aquella lengua inteligente suya, colocando la mandíbula de modo que pudiera profundizar en el beso, hacerlo más salvaje.

Kathryn se sentía mareada, sin ancla y perdida, y apenas fue consciente de que él la había levantado del suelo y tomado en sus brazos. No le importó. Era un sueño, así que no importaba si la llevaba a alguna parte, con la boca todavía unida a la de ella. Era alto y fuerte y la sensación de estar en sus brazos la hacía temblar y estremecerse por dentro.

Él la tumbó en su cama y se dejó caer sobre ella y

fue... increíble. No había otra palabra para describir aquel cuerpo masculino frotándose por toda ella.

Haciéndola sentirse nueva. Como una criatura extraña, caliente y derretida, apoderándose de su cuerpo, que ella, hasta ese momento, había creído conocer bien.

«Solo es un sueño», se dijo. Y siguió disfrutándolo.

Respondió a su beso y deslizó sus manos en su pelo. Recorrió la espalda musculosa hasta las estrechas caderas y volvió a subir por el abdomen.

Él apartó la boca y empezó a mover las manos. Se incorporó sobre un antebrazo y pasó la otra mano por encima del jersey de cachemira, bajó la cremallera y se lo abrió, dejando los pechos desnudos.

Y Kathryn jadeaba como si corriera. Como si hubiera corrido kilómetros.

Luca murmuró algo en italiano y a continuación bajó la boca y se metió un pezón en ella.

Kathryn oyó un ruido que no podía ser ella, un sonido agudo. Sintió la corriente oscura de la risa de él estremecerse contra sus pechos. Luego él succionó y eso provocó una explosión dentro de ella. Se abrió paso en su interior como un relámpago que viajara desde la boca de él hasta el centro del cuerpo de ella y explotara entre sus muslos.

Duro y hermoso a la vez.

Y Kathryn no sabía qué hacer. Había demasiado de él por todas partes. Encima de ella, empujándola hacia abajo con él, en el abrazo del colchón blando, haciéndole desear que aquel sueño loco se prolongara eternamente.

Él gimió y ella le hundió las manos en el pelo, pero no para guiarlo, solo para agarrarse mientras él le pasaba la mano por el vientre y se detenía a explorar el ombligo antes de bajar a la cinturilla de su pantalón.

Kathryn abrió la boca para hablar, para decir algo... hacer algo.

Pero Luca no se detuvo. Deslizó hacia abajo la mano, caliente y dura, y tomó en ella el núcleo de Kathryn, derretido y caliente, hinchado de necesidad.

Ella hizo un ruido y él volvió a reírse. Rozó el pezón de ella con los dientes e hizo explotar de nuevo el relámpago en ella, más grande y caliente y mucho más peligroso, y después colocó el canto de la mano en el lugar que a ella le palpitaba más.

Y Kathryn desapareció. Se perdió en una llamarada que la rompió en demasiados pedazos para contarlos. Tembló y tembló, moviéndose contra él e incapaz de parar, de contenerse, de hacer nada que no fuera sobrevivir a la explosión. Y, cuando por fin volvió a la tierra, fue con un golpe gigantesco y con el corazón latiéndole con tanta fuerza en las costillas que le dolía.

Dolía.

Imposible fingir que era un sueño.

La mano de Luca seguía dentro de sus pantalones, trazando dibujos en su calor húmedo, y él se había colocado a su lado. A observarla. A estudiarla. Y Kathryn descubrió que casi no podía respirar. Y pudo respirar aún menos cuando él la miró a los ojos.

Los de Luca eran muy oscuros. Había algo poderoso y deliberado en el modo en que la miró entonces, y ella se estremeció de nuevo. Como si él ya solo tuviera que mirarla para abrirla en dos.

–Luca... –dijo. Pero no reconoció la voz débil y profundamente necesitada que salió de su boca.

Y no sabía qué decir.

Él murmuró algo en italiano y se movió en la cama. Bajó las manos por los muslos de ella y le quitó los pantalones y Kathryn no podía dejar de temblar.

Y seguía muy caliente. Muy necesitada. Indefensa de algún modo ante todo aquel anhelo y la mirada intensa del hermoso rostro de él.

–Luca –repitió, porque aquello no era un sueño y la realidad empezaba a imponerse.

–Tengo que saborearte –gruñó él, con la voz muy ronca, y eso también la atravesó como un rayo.

–No creo que... –intentó decir ella.

–No pienses –repuso él.

Se movió para agarrarla por las caderas y se instaló entre sus piernas como si su sitio estuviera allí. Le abrió los muslos con los hombros y emitió una especie de gruñido que le puso la carne de gallina a Kathryn.

–*Bellissima* –murmuró, directamente en el núcleo del deseo de ella.

Y empezó a lamerla.


Sabía dulce y caliente, a crema riquísima y a mujer, y Luca bebió profundamente.

Kathryn se puso rígida debajo de él, volvió a estremecerse y tiró de él como si no pudiera decidir si acercarlo más o apartarlo.

Luca lamió hasta que ella empezó a mover las caderas para acercarse más a su boca, suplicándole con el cuerpo.

Él estaba tan excitado que pensó que iba a explotar.

Y Kathryn emitió un gemido bajo, largo y salvaje. Luego se movió contra él y volvió a explotar alrededor de su boca, y, si él había visto algo mejor en su vida, no podía recordarlo.

Luca la esperó. Ella sollozó algo incomprensible y a él le gustó eso. Le gustó demasiado.

Se arrodilló y dejó vagar la vista sobre ella, tumbada delante de él, más hermosa de lo que jamás habría podido imaginarse... y la verdad era que se había imaginado aquello mucho más a menudo de lo que se sentía dispuesto a admitir, incluso ante sí mismo.

Los pechos de ella eran perfectos, con los pezones rosas, y el centro de su feminidad estaba mojado y caliente. Su sabor lo atravesó como fuego, la especia de una mujer y su particular dulzura.

E incluso allí, abierta y estremecida, extendida ante él, había algo especial en ella. Cierta inocencia, por imposible que pareciera eso, que lo excitaba aún más y hacía que su deseo tuviera un sesgo casi vicioso.

Miró a su alrededor, preguntándose dónde guardaría ella los preservativos. Porque seguramente tendría alguno. O quizá usaba otro tipo de anticonceptivo, lo que implicaba que él podía...

Luca se quedó paralizado.

Porque si Kathryn tomaba anticonceptivos, habría

sido para no quedarse embarazada de su padre. Para no tener un hijo que habría sido hermano de Luca.

Lo asaltó una oleada de disgusto y desprecio por sí mismo. ¿Cómo podía haber olvidado quién era ella? ¿Cómo había permitido que ocurriera aquello?

«Tú no lo has permitido, idiota», se gruñó a sí mismo. «Tú lo has hecho».

Kathryn era, como mínimo, una araña, y ahora que sabía exactamente lo dulce que era su tela, estaba perdido.

Se apartó, bajó de la cama y dejó que el frío de la noche invernal lo penetrara desde los pies desnudos hacia arriba. No había podido dormir y había salido a la terraza a dejar que el frío le ayudara a combatir a un enemigo que sabía que no era Kathryn. Era él mismo. Esa necesidad suya que lo empujaba todavía a olvidarlo todo y perderse en el olvido dulce y peligroso que moraba entre los muslos de ella.

«Eres un grandísimo idiota», se dijo con dureza.

La observó recuperarse, sonrojada y satisfecha, y más hermosa de lo que debería ser ninguna mujer. Y mucho más peligrosamente persuasiva de lo que debería ser aquella mujer, en especial para él.

Se odiaba a sí mismo.

Se dijo que la odiaba todavía más a ella.

–¿Así es como lo haces? –preguntó. Y su voz era tan fría como la noche de fuera–. ¿Madrastra?

Kathryn se movió contra las almohadas como si le hubiera arrojado un cubo de agua fría. Pareció atónita por un momento, y Luca sintió algo caliente y negro dentro. Se parecía mucho a la vergüenza, pero no permitió que eso lo detuviera.

Kathryn se sentó despacio, como si le doliera. Como si no entendiera lo que le había hecho, lo que le hacía, y él odió que pudiera seguir actuando incluso en aquel momento, cuando él seguía tan excitado que le dolía y, peor aún, cuando sabía cómo era el sabor de ella. Y ella estaba sonrojada por obra de las manos y de la boca de él, pero lo miraba como si no pudiera entender cómo había ocurrido.

Luca apretó los dientes y la observó colocarse la ropa.

—Estoy conmovido por esta interpretación –le dijo–. De verdad que sí. Pareces satisfecha sexualmente y, sin embargo, también inocente, como si no acabaras de tener dos orgasmos.

La vio estremecerse y envolverse en la rebeca larga como si fuera una malla de hierro con la que espantarlo.

—A decir verdad –dijo ella con cautela, como si no estuviera segura de su voz–, preferiría no tener esta conversación ahora.

—Ya me lo imagino.

Kathryn tragó saliva y, cuando por fin lo miró, solo había sombras en sus ojos.

—Tú estabas sonámbulo –dijo con suavidad–. Yo estaba soñando. Esto no ha ocurrido.

—Sí ha ocurrido –replicó él–. Todavía tengo tu sabor en mi boca.

Ella subió las rodillas y se las abrazó y él se odió a sí mismo. Parecía una niña perdida y él seguía excitado y furioso y, además de eso, ella seguía siendo la viuda de su padre.

—¿Por qué te casaste con él?

No había sido su intención volver a preguntarlo. No sabía por qué lo había hecho.

Pero esa vez, cuando ella lo miró, sus ojos grises eran como tormentas.

–Para torturarte –dijo, con voz todavía ronca, pero también dura–. ¿Eso es lo que quieres oír?

–Sospecho que no está muy alejado de la verdad, aunque probablemente no fue por mí.

Ella lanzó un sonido de frustración y bajó de la cama, pero mantuvo la distancia.

–Voy a bañarme –dijo en voz baja–. Quiero quitarme esta noche de encima –lo miró por encima del hombro–. Tortúrate todo lo que quieras, Luca. Pero te agradeceré que lo hagas en otra parte.

Y esa vez, cuando se alejó, Luca se dijo que se alegraba. Que era mejor así.

No importaba que su cuerpo la deseara todavía.

Además, no necesitaba más información. Las cosas que quería eran siempre las que lo destruían. Su familia era un buen ejemplo. Por eso hacía mucho tiempo que no se permitía querer algo.

Y conquistaría también aquello.


Kathryn decidió tratar aquella situación como si de verdad hubiera sido un mal sueño. Probablemente todo el mundo tenía alguna vez sueños detallados y potencialmente eróticos con compañeros de trabajo. El truco estaba en actuar como si solo hubiera ocurrido dentro de su cabeza.

Se dijo que podía hacer eso. ¿Por qué no? Luca era un maestro a la hora de interpretar el papel que mejor le iba a sus propósitos. Ella podía hacer lo mismo.

Aunque le costara más que nunca entrar en la habitación del desayuno como había hecho todas las mañanas en California y actuar como si no le temblara el cuerpo al verlo.

Era muy injusto.

Luca llevaba uno de sus trajes y parecía tan descansado como si no hubiera pasado media noche levantado, y Kathryn se obligó a lucir su sonrisa serena habitual, decidida a parecer tan tranquila como él.

–Siéntate –dijo Luca–. Tenemos que repasar mis planes para hoy.

Kathryn apartó la silla y se sentó como todas las demás mañanas de aquel viaje interminable que empezaba a temer que la iba a destruir antes de que se acabara.

O quizá la había destruido ya. O eso pensó cuando se esforzó por reprimir un estremecimiento solo porque él le llenaba la taza con un café oscuro que le pareció que era del tono exacto de los ojos de él.

–Esta noche habrá un acontecimiento familiar –dijo Luca, con una voz controlada que no conseguía ocultar del todo su furia–. Rafael, Lily y yo, y por lo tanto tú, como mi sombra personal, tenemos que ir a otras bodegas en Napa.

–El valle siguiente.

–Sí –Luca dejó la cafetera en la mesa, entre ellos, con un asomo de algo parecido a la violencia, aunque contenida–. Tu dominio de la geografía es impresionante.

—Como tu uso del sarcasmo.

—Cuidado, Kathryn —la voz de él sonó entonces más oscura. Más profunda. Infinitamente más peligrosa—. Ahora sé mucho de ti. Demasiados secretos sobre lo que te hace...

Se detuvo y ella se ruborizó. No pudo evitarlo. Vio el brillo de satisfacción de la mirada de él y odió a los dos.

—... vibrar —la miró—. Deberías tenerlo en cuenta.

Hablaba de sexo. Todo aquello iba sobre sexo, el último tema del mundo del que ella quería hablar, sobre todo con él. Pero de todos modos le provocó calor, como si el mismo mundo fuera una pesada piedra que caía desde una gran altura. Llegó al fondo en aquel lugar caliente entre sus muslos, donde todavía podía sentirlo a él. Donde el agua del baño no había conseguido llevarse la exquisita sensación de sus manos o de su boca. Se sentía marcada por él.

Aunque preferiría morirse a permitir que él lo supiera.

—Me alegro mucho de que hayas sacado ese tema —comentó—. Obviamente, lo que sucedió anoche no puede volver a pasar. Eres hijo de mi difunto esposo y mi jefe, por no mencionar que no eres precisamente un admirador. Me horroriza que los dos nos dejáramos llevar como lo hicimos.

—Si piensas agarrarte ahora las perlas, te recuerdo que no llevas —la voz de Luca sonó entonces decadente. Oscura y vibrante, y con un deje perezoso, como si disfrutara de la situación—. En realidad, es difícil tomarse en serio nada de lo que dices cuando veo lo duros que están tus pezones. No creo que «horrorizada» sea la palabra que buscas.

Kathryn nunca sabría cómo consiguió no bajar la vista a sus pechos, donde sentía una tensión traidora que sugería que él decía la verdad. Pero se limitó a mirarlo con expresión de lástima.

–Es invierno, Luca –dijo, casi con gentileza–. Tú llevas un traje, yo no. ¿Es necesario que te explique cómo funciona la biología femenina?

Y entonces él sonrió con aquella sonrisa suya hermosa y brillante, y fue algo totalmente inesperado.

–¿Lo necesitas tú? –preguntó. Y en su voz había una nota que todas las partes de ella, hasta los mismos huesos, reconocían. Tardó un momento en situarla.

«Tengo que saborearte», había gruñido él la noche anterior antes de hacer exactamente eso. Del mismo modo exacto.

Kathryn se quedó muy quieta. O fue él. O quizá fue que el mundo se detuvo durante un largo y tenso momento, como si no hubiera otra cosa que el golpeteo del corazón de ella y aquella tensión traidora en todos los demás lugares. Como si de verdad él pudiera ver en su interior. Como si lo supiera. Como si, en el caso de que ella le hiciera la más leve señal, él quitaría todas las cosas del desayuno de la mesa, la tumbaría allí y la acariciaría con la boca tal y como había hecho bajo la luz plateada de la luna.

¿Cómo podía temerlo y desearlo al mismo tiempo?

–Buenos días.

La voz de Rafael en el umbral cortó la tensión

entre ellos como si hubiera usado una de las espadas de ceremonial que colgaban teatralmente en la sala de cata del *château*, en otra parte de la bodega.

Kathryn se dijo que era un alivio. Que aquella sensación dulce y espesa que la invadía era alivio.

Se giró a mirarlo, muy consciente de que Luca hacía lo mismo.

La mirada fría de Rafael pasó de uno a otro. De Luca a Kathryn y de vuelta, y ella estuvo segura de que él lo sabía. De que podía ver lo que había pasado entre ellos, de que podía oír el eco de aquellos gritos imposibles que había dado ella en la noche, de que sabía que estaba marcada.

–Lily y yo no iremos esta noche con vosotros –dijo Rafael, con aquella voz distante suya que le hacía ser tan buen director ejecutivo–. Tiene algunas contracciones y es mejor que esté tumbada.

–¿Se encuentra bien? –preguntó Kathryn. Frunció el ceño–. ¿No es algo pronto?

Y se arrepintió cuando los dos hermanos Castelli la miraron con curiosidad, de un modo que no le gustó en absoluto. Forzó una sonrisa.

–Perdona. ¿No me está permitido preguntar ahora que no soy más que una empleada de Bodegas Castelli?

–No es eso –repuso Luca en el acto–. Es que hace que dude de tus motivos.

–Lo harías de todos modos –repuso ella sin mirarlo–. Hasta donde yo sé, es tu pasatiempo favorito.

Rafael sonrió, pero a Kathryn no le gustó el modo en que lo hizo.

–Lily está bien –dijo él–. Gracias por preguntar.

Esto no es nada particularmente preocupante, pero su doctor prefiere que esté unos días de reposo y eso significa que otro evento de trabajo sería demasiado.

Sonrió entonces a su hermano, pero era una sonrisa tensa y Kathryn notó que Luca se ponía rígido en la silla.

–Pero parece que tú lo tienes todo controlado como siempre, hermano –continuó Rafael–. Así que lo dejo en tus manos.

# Capítulo 7

DURANTE la cena formal servida con todo lujo de detalles en una de las habitaciones privadas de la bodega de Napa, situada en lo alto de una colina, Luca estaba tan furioso que no sabía cómo conseguía mantenerse en la silla.

Se dijo que no era furia. O no debería serlo. Que Kathryn hacía simplemente lo que siempre había hecho y siempre haría, y que no tenía sentido enfadarse.

Pero eso no le ayudó. Cada vez que la risa musical de ella flotaba en el aire, se ponía tenso. Cada vez que el idiota de pelo gris y manos largas que estaba sentado a la izquierda de ella la tocaba, Luca pensaba que le iba a salir humo de las orejas.

Una cosa era saber que ella se dedicaba a aquello. Que sin duda se fijaba en potenciales candidatos para su futuro dondequiera que iba. Luca nunca había esperado otra cosa. Y, sin embargo, era muy diferente verla en acción.

Sobre todo cuando todavía podía sentirla. Oír sus gritos. Saborear el duro botón de su pezón y el calor cremoso de abajo.

«Maldita sea».

No recordaba las conversaciones que seguramente

había mantenido con las personas que se encontraban sentadas a ambos lados de él. Cuando la eterna cena terminó por fin y pudo alejarse, escoltó a Kathryn hasta el coche con una mano en la espalda de ella.

—¿Esto es un intento de caballerosidad o me estás empujando? —preguntó ella en voz baja, con aquella condenada sonrisa suya todavía en los labios incluso fuera, en la oscuridad, donde solo podía verla él.

Luca reconoció que quería alterarla. Quería introducir los dedos debajo de aquella fachada suya y ver lo que escondía. Quería demasiado, y todo equivocado. Y, además, peligroso.

Abrió la puerta de la limusina y esperó a que ella subiera. Asintió al chófer y entró a su vez en el vehículo, sin esforzarse mucho por mantenerse en su lado del amplio asiento después de cerrar la puerta con fuerza.

Kathryn revolvía en su bolso de noche. Lo miró cuando él se acercó.

—¿Qué ocurre? —preguntó. Frunció levemente el ceño—. ¿Qué ha pasado?

—Dímelo tú.

Luca se sentía enloquecido. Se acomodó a su lado, muy cerca pero sin tocarla. La sangre le latía muy deprisa. Su corazón intentaba abrirse camino fuera del pecho. Se controlaba a duras penas.

No sabía cómo conseguía contenerse.

El ceño de ella se hizo más profundo. Eso, al menos, era mejor que la condenada sonrisa.

—No sé, Luca. A mí me ha parecido que ha ido bastante bien. No estoy segura de lo que querías sacar de aquí, pero parece que todos los viticultores de los dos valles están muy impresionados con tus variedades. ¿Qué más puedes pedir?

Por primera vez en su vida, a Luca no le importaban nada el vino ni el negocio del vino ni nada que tuviera que ver con todo eso.

—Podría preguntar si, cuando tratamos de negocios, consigues mantener la cabeza en eso —dijo con una furia que no intentó controlar—. Y no en tender la trampa para tu próxima víctima.

La mirada gris de ella se endureció.

—¿De qué hablas?

—No has estado muy sutil que digamos —dijo él entre dientes—. Todos los presentes en la mesa han podido ver cómo jugabas con ese pobre hombre.

—¿Y con lo de «jugar», asumo que te refieres al trabajo que hemos ido a hacer allí tú y yo? ¿Al trabajo que yo hacía mientras tú te mostrabas hosco?

—Has estado mucho rato en el baño antes del postre —continuó él—. ¿Qué hacías allí? Tu presa también ha desaparecido un periodo de tiempo similar. Y solo Dios sabe lo que hacíais por debajo de la mesa, donde nadie podía veros.

No había podido pensar en nada más. Sabía que la cena que le habían servido había sido de lo mejor de la cocina californiana, una fusión de manjares de la zona presentados de un modo perfecto, y, sin embargo, no le había sabido a nada.

Kathryn movió la cabeza y apretó los labios.

—Eso es ridículo. Por no mencionar que también tremendamente ofensivo —le brillaron los ojos—. Claro que tú eres así, ¿verdad? Cuanto más horrible, mejor.

–Me pregunto una cosa –Luca se acercó más a ella–. ¿Cómo cierra el trato una ramera que se alquila? ¿De rodillas o tumbada de espaldas? ¿Varía con cada persona o sigues una rutina establecida?

No la vio moverse, y eso le dijo mucho sobre la ceguera que le provocaba la oscuridad que llevaba dentro. Sintió la mano de ella en la mejilla, oyó el restallido de la bofetada y vio el fuego y la furia en los ojos gris oscuro de ella.

El dolor llegó un momento después, un dolor agudo.

–Eres un tipejo vil –le dijo ella–. Lo único más repugnante que tu imaginación es que creas que puedes arrojármela encima cuando te apetece, como un residuo tóxico.

Luca se rio, con un sonido más oscuro que la noche de fuera del coche, y se tocó la mejilla.

–Eso ha dolido –la miró. Ella temblaba claramente de rabia–. ¿Ahora es cuando te haces la virgen ultrajada y ofendida? Debo decirte, Kathryn, que no eres tan buena actriz como todo eso.

Ella palideció. Luca creyó que iba a explotar, pero Kathryn apretó los labios y se llevó una mano al cuello, como si quisiera controlarse el pulso. O la respiración.

O a sí misma.

Y él no supo qué hacer con la idea que se le ocurrió entonces, la de que ella podía sentirse tan descontrolada como él en medio de todo aquel lío.

–Si vuelves a pegarme –le dijo con suavidad–, te devolveré el favor.

–¿Tú me golpearías? –preguntó ella–. Me alegro

de que tu padre esté muerto, Luca. Se habría sentido horrorizado contigo.

Él ignoró entonces la punzada de algo parecido a la vergüenza que sintió en las entrañas.

–Vamos a ser claros –dijo. Y se dio cuenta de que la furia que lo había cabalgado durante toda la cena, se había calmado. No desaparecido, pero había aflojado las riendas. No se preguntó por qué–. Es altamente improbable que me preocupe alguna vez por lo que mi padre, precisamente mi padre, pudiera pensar de nada de lo que yo haga. Y mucho menos de lo que pienses tú. Sería el equivalente moral a aceptar sermones sobre buen comportamiento de labios del diablo.

La miró en la proximidad del asiento de atrás, donde seguía estando en el espacio de ella y todavía no era lo bastante cerca.

–Pero yo no pego a las mujeres ni siquiera cuando me pegan ellas primero.

Ella tuvo la decencia de parecer algo avergonzada y bajó la vista hasta su mano. Flexionó los dedos y él se preguntó si le escocería la palma tanto como a él la mejilla. Ese pensamiento no ayudó nada a aflojar el pesado nudo que había en su interior.

Extendió el brazo y le tomó la mano. Cuando ella intentó soltarse, la sujetó con fuerza y le pasó los dedos por la palma, como si quisiera dibujarla. Como si quisiera borrarle el escozor.

Como si no supiera qué demonios quería.

–Si vuelves a pegarme –dijo en voz baja, mirándole la mano y no la cara–, me lo tomaré como una invitación a terminar lo que empezamos anoche, sin que me importe a cuántos hombres mayores haces bailar a tu son ni quién finjas ser esta noche.

Los dedos de ella se curvaron como si quisiera apretarlos en un puño.

–Yo no finjo ser nadie –repuso cortante–. La única persona que juega aquí eres tú. Y nunca habrá una invitación para terminar nada. Eso fue una aberración. Un error terrible. No sé por qué ocurrió y...

–¿No lo sabes?

Luca no había tenido intención de hacer esa pregunta, pero una vez hecha, pareció colgar en el aire entre ellos, amenazándolo todo.

–No –susurró ella. Pero sus ojos grises eran demasiado grandes y oscuros. Su hermosa boca temblaba con la mentira. Y él sentía en la mano de ella el temblor que se esforzaba por reprimir–. No sé de qué hablas. Nunca lo sé.

Y Luca sonrió.

–Déjame que te lo clarifique.

Le soltó la mano, la abrazó por la cintura y la sentó en su regazo. Oyó que respiraba con fuerza, pero él inclinó la cabeza y la besó en los labios.

De nuevo aquel fuego enloquecedor. De nuevo la mezcla de lujuria y necesidad, de avaricia y de hambre, una mezcla que lo quemaba vivo.

Tan caliente y tan salvaje como si siguieran aún en la cama de ella. Como si nunca lo hubieran dejado, como si no hubieran parado.

Y ella no se debatió. No fingió. Luca la sintió rendirse a aquella cosa que palpitaba entre ellos, sintió su rendición.

Ella le echó los brazos al cuello como si pudiera controlarse tan poco como él. Abrió la boca y le devolvió el beso.

Y Luca perdió la noción de todo.

Olvidó que intentaba demostrar algo, que estaban en un vehículo en movimiento, que ella era la última mujer de la tierra a la que debería tocar, y mucho menos de aquel modo. Que bajo ningún concepto debería hacer aquello.

Simplemente se perdió en la perfección de su boca. En el dulce calor del modo en que lo besaba y enredaba los dedos en su pelo. En el peso de su cuerpo esbelto y en la pura desesperación de su encuentro.

Una y otra vez.

Pero no era suficiente.

Gimió contra la boca de ella y Kathryn se movió contra él como si le hubiera prendido fuego y la curva de su cadera apretó con fuerza el sexo de él.

Y Luca dejó de fingir que tenía algún control en lo relativo a aquella mujer. La reacomodó en su regazo hasta que quedó a horcajadas sobre él. Apartó el vestido y casi explotó cuando la parte más suave de ella rozó la dureza de él y Kathryn dio un respingo.

Luca la sintió estremecerse, o quizá era él, tan perdido en aquella locura como estaba ella.

No había control. Ni el más mínimo. Y lo más terrorífico de todo era lo poco que le importaba eso a Luca.

No había nada que no fueran sus manos en el pelo de ella y sus bocas juntas. Sentía su calor húmedo contra sí y era muy consciente de que solo los separaban la tela de sus pantalones y el tanga de ella.

No había nada que no fuera el sabor de ella, un sabor adictivo. Ella lo rodeaba, más hermosa con el vestido por la cintura y el cabello salido a medias del elegante moño. La mujer más hermosa que había visto en su vida.

Y Luca se encontró murmurando cosas que sabía que no debía decir en voz alta aunque hablara en italiano.

—*Tu sei mia* —le dijo.

No supo de dónde le salió aquello, qué demonios hacía. Por qué decía la verdad cuando no podía hacerlo.

Pero no le importó. Llenó sus manos con las curvas de las nalgas de ella y la guio contra sí en un ritmo carnal hasta que ella echó la cabeza atrás y gimió.

Y él la observó moverse contra él, volviéndolo loco, excitándolo de un modo que bordeaba el dolor. Movió una mano de las nalgas y buscó el calor de ella con los dedos a través de la barrera inexistente del tanga.

—Mírame —ordenó, con una voz que era poco más que un gruñido.

Ella obedeció. Y sus ojos eran grandes y grises. Empañados por el deseo. Tenía los labios entreabiertos y las mejillas sonrojadas. Luca sintió una punzada aguda en su interior que no podía nombrar. Solo sabía que ya no era el mismo hombre de unos minutos atrás.

Solo existía Kathryn, arqueada sobre él, frotándose contra él, con sus hermosos ojos fijos en los de él. La acarició con más fuerza y la observó llegar al orgasmo.

Ella emitió pequeños gemidos y le clavó los dedos en los hombros, con la cabeza echada hacia atrás y la encantadora espalda curvada como un arco.

Y todo volvió a moverse, pero esa vez todo el deseo y la sensación de su cuerpo fueron directamente a su sexo.

Luca necesitaba estar dentro de ella como fuera.

Kathryn seguía temblando, a horcajadas todavía sobre él. Seguía jadeando cuando se inclinó hacia delante para apoyar la frente en el hombro de él. Y entonces él pudo sentir su respiración además de oírla y, de algún modo, eso lo excitó aún más.

Deslizó la mano entre ellos, una mano que le sorprendió ver que temblaba, y se bajó los pantalones. Kathryn seguía estremeciéndose y respingando y él simplemente apartó el tanga a un lado y se alineó con su entrada, donde el calor ardiente de ella estuvo a punto de llevarlo al orgasmo.

Le pareció que juraba en italiano, o quizá era una oración. Ella estaba resbaladiza y caliente y a él le daba igual dónde más había estado o con quién. Le daba igual el porqué. No le importaba nada que no fuera ella en sus brazos, en su regazo.

Habían sido dos años de tormento con aquella mujer. Ahora, cuando la verdad parecía al fin obvia, podía admitir que la había deseado desde el primer momento en que la había visto. Quizá siempre. La deseaba y la tenía allí, húmeda, caliente y casi suya.

«Casi».

Colocó las manos en las caderas de ella para suje-
tarla justo donde quería. Posó la boca en su cuello,
donde podía saborearla.

Y a continuación, por fin, la penetró.

Le dolió.

Le dolió mucho.

Kathryn sintió que algo se desgarraba y un grito
de agonía la traspasaba como una quemadura. Y después nada, solo la enormidad de él muy dentro de
ella. Tan dentro que no podía respirar ni pensar, no
pudo hacer otra cosa que quedarse inmóvil.

Luca lanzó un juramento, primero en italiano y después en inglés. Y ella contrajo la cara para no llorar
y la dejó hundida en el hombro de él, como si pudiera esconderse así. Como si eso pudiera hacer desaparecer aquel dolor estremecido.

Pero no funcionó.

—Mírame —dijo él con voz ronca—. Kathryn, le-
vanta la cabeza.

—No quiero.

Él seguía muy dentro de ella, aunque no se movía.
Entonces la limusina pasó un bache y ella sintió que
él la penetraba todavía más. Oyó que respiraba con
fuerza, como si aquello fuera tan difícil para él como
para ella. Y aquella pesadez afilada irradió desde la
parte donde se juntaban sus cuerpos hasta el resto de
ella.

Como si todo su cuerpo fuera un dolor gigantesco.

—Siéntate bien, *cucciola mia* —dijo él, con una voz

que ella no le había oído nunca, mucho más cálida e indulgente que la que solía usar con ella–. Por favor.

Y a ella le pareció que era lo más difícil que había hecho nunca, echarse hacia atrás, sabiendo que él podía ver el pánico, el dolor y los restos del calor en su rostro. Sentirlo dentro de ella cuando cambiaba despacio de posición. Mirar sus ojos oscuros, tan cerca de los de ella, consciente de que en esos momentos él sabía cosas de ella que Kathryn no había querido que supiera.

Demasiadas cosas.

Todo había sucedido muy deprisa. Se había visto inmersa en las sensaciones del orgasmo, dividida en un millón de pedazos e incapaz de respirar, y luego ya había sido demasiado tarde.

No estaba segura de lo que era aquello que sentía en el pecho y en las entrañas, una especie de vacío en carne viva, pero temía que pudiera ser un sollozo.

Luca le apartó el pelo de la cara, todavía acalorada. Ella se encogió contra aquella intrusión dura que los conectaba tan íntimamente, pero él no se movió.

–¿Por qué no me lo habías dicho? –preguntó él con voz serena.

Kathryn movió las caderas y no entendió cómo hacía la gente eso, ni por qué, cuando no había ninguna postura cómoda y demasiado calor dolorido.

–Pensaba que no te darías cuenta –respondió.

–Has pasado del placer al dolor en un instante –musitó él en voz baja–. ¿Cómo no iba a notarlo?

Ella volvió a moverse, intentando todavía buscar un modo de sentarse en su regazo con él dentro, y esa vez los ojos de él se oscurecieron y ella contuvo el aliento.

El vehículo cruzó otro bache y, en esa ocasión, las sensaciones fueron más como una chispa profunda. El dolor dentro de ella... cambió. La chispa pareció iluminarse, ir cargada de algo aparte del dolor. Kathryn se movió para probar y se mordió el labio inferior cuando ese algo nuevo se convirtió en algo mejor, y observó el hambre lenta que ardía en los ojos oscuros de él.

Ella sentía un eco de eso en su interior como si la pesadez y el dolor estuvieran conectados con aquel calor delicioso que sentía que empezaba a invadirla de nuevo.

–No sabía que a ti te importaría si me hacías daño o no –dijo.

Las manos de Luca se posaron en sus mejillas. La miró a los ojos.

–Me importa –gruñó–. Debiste decírmelo.

Y el vacío del interior de ella se llenó y la inundó como una terrible marea. No sabía lo que era. Solo sentía el picor de las lágrimas en los ojos y el palpitar de algo mucho más pesado en el pecho.

Y a Luca dentro de ella, caliente e inmóvil.

–¿Decírtelo? –susurró ella–. ¿Cómo iba a decírtelo? Tú no solo crees que soy una ramera, Luca. Tú lo sabes. Nunca has tenido ni la más leve duda.

–Kathryn...

–No me habrías creído –solo se dio cuenta de que estaba llorando cuando él le secó las lágrimas con los pulgares, con más gentileza de la que tenía sentido–. Te habrías reído en mi cara.

Luca no negó aquello, aunque su mirada se oscureció aún más.

La besó en los labios y aquello fue casi demasiado. La embestida de él en su interior y la dulzura imposible de sus labios en los de ella.

–Ah, *cucciola mia* –murmuró él. Se apartó, todavía con la cara de ella en sus manos–. Ahora no me río.

Y entonces empezó a moverse.

# Capítulo 8

KATHRYN se puso tensa, pero Luca solo salió a medias despacio y después volvió a entrar, esa vez con más gentileza.

No le dolió. Lo sentía... extraño, pero eso era mejor que el dolor.

–Respira –le dijo él.

Kathryn respiró hondo y él siguió moviéndose dentro de ella. Despacio. Relajado. Con una especie de suave balanceo.

Lentamente, casi a su pesar, Kathryn empezó a anticipar el movimiento, a responder cuando él embestía, a mover las caderas de un modo que creaba un baile tembloroso en su interior.

Él sonrió, y más tarde, mucho más tarde, ella tendría que analizar por qué esa sonrisa le producía tanto placer.

Él mantuvo el mismo ritmo lento y dejó que sus manos fueran donde quisieran. Le acarició la espalda, rozó los pechos a través del vestido, que seguía enrollado en la cintura de ella. Deslizó la mano debajo de él y trazó dibujos en la suave piel de su vientre y en la parte externa de sus muslos.

Kathryn se descubrió moviéndose más, girando las caderas y probando la profundidad de la embestida de él. Aquello movía el centro de ella contra él, y hacía que todo su interior se tensara. Probó distintos movimientos, balanceándose sobre él, y él la dejó hacer. Solo el calor pesado de sus ojos oscuros y el leve sonrojo de sus pómulos indicaban que sentía el mismo fuego que ella.

Y lenta, segura e inevitablemente, ella olvidó el dolor. Solo quedaba la tensión, el calor brillante que se expandía cuanto más profundamente entraba él y cuanto más correspondía a sus embestidas.

Dentro de ella había algo enrollado, enorme y terrorífico, y Kathryn no sabía qué deseaba más, si esconderse de ello o arrojarse directamente a su centro. Y en cualquier caso, daba igual. Porque Luca soltó una risita deliciosa, como si supiera lo que sentía ella y asumiera el control.

Le agarró las caderas y la besó en la boca. Empezó a moverse más deprisa, y cada embestida suya enrollaba más aquella cosa y la hacía más grande, más salvaje y mucho más intensa.

Y ella no podía. No podía...

–Puedes –dijo él en su boca. Y ella se dio cuenta de que había hablado en voz alta–. Lo harás.

Y se movió debajo de ella, bajó los dedos al lugar en el que estaban unidos y frotó.

Ella explotó en la siguiente embestida. En un orgasmo brillante, imposible que emanó del punto donde él mantenía aquel ritmo exigente y le separó el alma del cuerpo.

Oyó a Luca gemir su nombre, con la boca en su cuello, y luego se lanzó también por el mismo precipicio que ella.

Y durante un largo rato, no hubo nada más.

Cuando Kathryn volvió a ser ella misma, seguía derrumbada sobre él, todavía a horcajadas, y el coche tomaba lentamente el último giro hacia los viñedos Castelli.

Se incorporó sentada y al mismo tiempo se bajó de Luca, aunque sintió la pérdida de él dentro como un mazazo. Se colocó el vestido confusa... descentrada.

Él no habló. Kathryn no se atrevía a mirarlo. Le oyó abrocharse el pantalón y soportaron el recorrido del largo camino de entrada al *château* en silencio. Kathryn sentía demasiadas cosas, pensaba demasiadas cosas.

No quería cambiar. No comprendía cómo se había rendido a él cuando tenía veinticinco años y nunca antes había sentido ni el más mínimo impulso de entregarse a nadie.

–Eres demasiado bonita –le había dicho su madre cuando tenía trece años, y su ceño fruncido indicaba que aquello no era algo positivo–. Ten cuidado y no permitas que eso te haga vaga. Ser bonita es una condena de cárcel. No olvides eso y no permitas que se te suba a la cabeza.

Y Kathryn lo había intentado. Se había concentrado en sus estudios y había rehuido el interés de los chicos e incluso la amistad de las chicas que tenían una vida social activa, para evitar tentaciones. Había hecho todo lo que se le había ocurrido para probarle a su madre que su belleza no era una debilidad, que podía aprovechar las ventajas que le había dado Rose a base de trabajar duro y ahorrar.

Pero Rose nunca había estado convencida.

–Te atraparán si pueden –le había dicho a Kathryn una y otra vez durante la adolescencia–. Te dirán que es amor. Eso no existe, hija. Solo existen hombres que te dejarán y bebés que tendrás que criar cuando se hayan ido. Una chica bonita como tú será una presa fácil.

Y Kathryn había decidido que ella no sería eso. En la universidad había conseguido distanciarse, mantenerse segura. No quería novios ni tampoco supuestos amigos que pudieran creer que llegarían hasta ella por ese camino, cuando tuviera las defensas bajas. Evitaba cualquier escenario que pudiera llevar a suprimir sus inhibiciones a la más mínima señal de peligro. No iba a los pubs con compañeros de clase ni asistía a fiestas. Se mantenía encerrada en su torre de marfil, donde nada ni nadie podía tocarla ni hacer que decepcionara a su madre, que había renunciado a tanto para hacer posible la vida de su hija.

Cuando la limusina llegaba a la puerta del *château*, pensó que Rose siempre había estado en lo cierto. Era una pendiente resbaladiza y ella se había lanzado por ella y se había estrellado en el fondo. Un solo viaje en automóvil con un hombre que la despreciaba y había perdido de vista sus objetivos. Se había convertido en lo que Luca la acusaba de ser, en lo que Rose siempre había insinuado que se convertiría un día le gustara o no.

El mundo entero había cambiado. Ella era diferente. Y no sabía cómo aceptar eso ni lo que significaba.

El chófer abrió la puerta y Kathryn salió deprisa,

y se sorprendió cuando sintió pinchazos en lugares poco familiares. Podría haberse caído al suelo, de no ser porque Luca la tomó del brazo como si hubiera anticipado aquello.

Aunque no dijo ni una palabra.

Kathryn se soltó. Se sentía avergonzada. ¿Podrían ver los demás lo que había pasado allí, lo que había hecho... lo que le había dejado hacer a Luca?

Esa idea le produjo pánico.

Subió casi corriendo los escalones, abrió la puerta y entró en la casa como un misil. No había nadie a la vista y se obligó a aflojar el paso. Era consciente de que Luca la seguía, pero intentó ignorarlo y fingir que no estaba allí. Subió las escaleras y recorrió el pasillo que llevaba al ala de la familia.

Cuando por fin llegó a la puerta de su habitación, Luca dijo su nombre. Y como ella no quería dejarle ver lo frágil que era, se volvió hacia él.

Luca estaba demasiado cerca y sus ojos oscuros relucían con una expresión que ella no pudo identificar.

–¿Adónde vas, *cucciola mia?* –preguntó él con suavidad.

Ella se dijo que lo odiaba. Lo único peor que sus insultos era aquello. Aquella suavidad que no comprendía en absoluto.

–No sé lo que significa eso, no hablo italiano –repuso.

Él sonrió y sus ojos oscuros eran demasiado intensos. Extendió el brazo y le apartó un mechón de pelo detrás de la oreja. Y Kathryn supo que él notaba cómo la hacía estremecerse. Contuvo el aliento.

–Supongo que significa «cachorrito», más o menos –musitó Luca, como si no lo hubiera pensado hasta ese momento.

Y la verdadera traición fue el calor que la invadió entonces. Porque si él era ya bastante peligroso cuando se mostraba odioso, Kathryn pensó que aquella otra faceta suya, que podría llamarse cariñosa, la iba a matar.

Sentía la garganta cerrada. Rasposa. Pero se obligó a hablar de todos modos.

–Yo no quiero ser tu cachorrito.

La sonrisa de él se hizo más amplia.

–No sé si eso depende de ti.

Kathryn estaba nerviosa. Como si fuera a explotar. O a gritar. O simplemente a caer al suelo. Y él parecía muy tranquilo.

–No sé lo que quieres de mí –musitó ella.

Luca le puso las manos en los hombros y la atrajo hacia sí. Y ella se derritió en su abrazo. A su pesar, se dejó caer contra él, disfrutando de aquel calor y fuerza que le envolvían como una bendición.

–Ven –musitó él–. Te lo mostraré.

Kathryn sabía lo que tenía que hacer. Lo que su madre esperaría que hiciera. Un desliz era ya bastante malo. Pero todavía estaba a tiempo de salvarse. Todavía existía la posibilidad de que pudiera considerar aquello como una batalla perdida y acabar ganando la guerra. Solo tenía que apartarse de él, encerrarse en su cuarto y recuperarse.

Pero no consiguió hacerlo.

Y, cuando Luca abrió la puerta de su dormitorio y

le tendió la mano, Kathryn ignoró el tumulto que la sacudía por dentro y tomó la mano.

Luca no sabía qué pensar de todo aquello.

Y la expresión perdida de la mirada de ella, una expresión próxima al derrumbe, fue demasiado para él. Tenía un millar de preguntas que no hizo. Tenía la sensación de que lo acechaba algo que no quería examinar.

Al menos no esa noche, cuando había descubierto que ella era en verdad tan inocente como parecía a veces.

No importaba cómo ni por qué. Hasta el tema del matrimonio con su padre podía esperar.

Lo que importaba... lo que lo golpeaba como un pulso oscuro que se hacía más fuerte e insistente con cada respiración era que, independientemente de lo demás que ocurriera, allí, en aquella noche californiana, ella era suya.

«Suya».

Luca no quería preguntarse por qué lo invadía aquel afán de posesión, como si ella lo hubiera marcado de algún modo con el regalo inesperado de su inocencia. Solo sabía que ella era suya. Solo suya.

Y él no había terminado con ella. Ni mucho menos.

Ella le tomó la mano y le dejó guiarla a su habitación.

Luca no se apresuró. Se situó con ella al pie de la gran cama de plataforma y la desnudó despacio, sin permitirle ayudar. Le quitó los zapatos, encontró la cremallera oculta en el corpiño del vestido, la bajó y le sacó la prenda por la cabeza. Le desabrochó el sujetador, se lo sacó por los brazos y lo dejó caer al suelo.

Cuando estuvo ante él vestida solo con el tanga, le pasó un momento los dedos por el pelo. Soltó lo que quedaba del moño y acarició los mechones.

Y solo cuando ella soltó despacio el aire que probablemente no sabía que había retenido, terminó de desnudarla bajando el tanga por sus piernas perfectamente formadas.

Se permitió mirarla largo rato, disfrutando de aquella vena posesiva que antes no sabía que tenía. Porque hasta esa noche no había sentido nada igual. Se quitó la chaqueta y los zapatos sin dejar de mirarla. Era tan encantadora, tan increíblemente perfecta, que le provocaba deseo y alarma a partes iguales.

La tomó en sus brazos y la transportó hasta el cuarto de baño. La dejó al lado de la bañera, abrió el grifo y echó un puñado de sales de baño.

—¿Nos vamos a bañar? —preguntó ella.

Se sonrojó y Luca comprendió que aquella era una Kathryn que no había visto nunca, una criatura vacilante y nerviosa que parecía de pronto mucho más joven y mucho más frágil.

«O esa ha sido siempre Kathryn», sugirió su vocecita interior. «Y tú has sido un completo imbécil».

Apartó aquel pensamiento. Ya habría tiempo de volver a él por la mañana.

Esa noche solo importaba ella.

En vez de responder, terminó de desnudarse y la

vio ruborizarse cada vez más. Estaba fascinado. Quería disfrutar de ella. De toda ella.

Cuando ambos estuvieron desnudos, la ayudó a entrar en el agua y la instaló entre sus piernas, de espaldas a él. Tomó su cabello moreno en las manos y le hizo una coleta en la parte de arriba de la cabeza. Después la estrechó en sus brazos.

No se permitió pensar en nada. Solo en la perfección de su cuerpo contra él. Esperó mientras ella se iba relajando y al final la oyó suspirar. Y solo entonces empezó a lavarla.

No se apresuró. La tocó por todas partes. Puso las manos en cada centímetro de su piel, guardando para el final el calor resbaladizo de entre sus piernas, y lo invadió una oleada de satisfacción cuando ella soltó un gemido hambriento.

Solo cuando estuvo seguro de que estaba muy relajada, la puso en pie, la secó y la llevó al dormitorio para dejarla por fin en su cama. La mirada de ella no se apartaba de él. Luca sabía ya lo que significaba el pequeño estremecimiento de su cuerpo y, cuando por fin estuvo tumbado encima de ella, siguió aprendiendo más cosas.

La exploró con las manos, con la boca. Con la lengua y con los dientes. Ella le había dado algo que apenas podía comprender y ese era el modo en que él expresaba su gratitud. Su admiración. Todas aquellas cosas que llevaba dentro y que sabía que no debía examinar muy de cerca.

Ella se arqueó y él le lamió los pechos. Kathryn se movía con sus caricias y él la sujetaba y trazaba cada músculo y cada curva de ella, haciéndola suya.

Y esa vez, cuando la penetró, ella estaba temblorosa y preparada para recibirlo.

Gritó su nombre y Luca inició un ritmo más exigente, perdido en la gloria del movimiento de las caderas de ella. La fue excitando cada vez más hasta hacerla sollozar. Y entonces la lanzó a la bendición del orgasmo.

Una vez y después otra.

Y solo entonces, cuando ella había llegado dos veces al éxtasis, con los ojos casi verdes y llena de él y de nada más, la siguió él también por el precipicio del placer.

# Capítulo 9

HASTA la mañana siguiente, después de haberse despertado y comprobado que nada de lo de la noche anterior había sido solo uno de los sueños detallados sobre Kathryn que había tenido en los dos últimos años, porque ella seguía allí, tumbada a su lado e irresistible, Luca no se permitió pensar en lo que significaba que ella hubiera sido virgen.

Previamente se había despertado, tan excitado como si no la hubiera poseído todavía. Ella se había despertado un momento después y él había visto sus ojos pasar de adormilados a complacidos y a recelosos en el transcurso de unos pocos parpadeos.

Había descubierto que el recelo no le gustaba. Así que le había sujetado las manos por encima de la cabeza y se había acomodado entre sus muslos. Había expresado sus sentimientos en los pechos de ella hasta que había empezado a gemir y arquearse debajo de él y entonces había vuelto a penetrarla una vez más y a hundirse en su dulzura derretida.

Y había descubierto que el sonido de ella gimiendo su nombre cuando llegaba al orgasmo era muy preferible al recelo.

Consiguió controlarle en la ducha que compartieron, pero quizá el hecho de que le costara tanto, fue lo que le hizo pensar.

Kathryn se vestía con la cabeza inclinada y una expresión en la cara que a él no le gustó. Luca estaba en la puerta del cuarto de baño con una toalla alrededor de las caderas y la miraba, sabiendo que no debería sentir nada de lo que sentía en aquel momento. Conocía la expresión de ella. Normalmente le gustaba verla en las mujeres con las que se acostaba, porque significaba que pensaban retirarse sin escándalo. Y deprisa.

Pero no quería que ella se alejara.

La quería allí y no le importaba que eso fuera una locura. Que nadie que no fuera él creería que «Santa Kate» había sido virgen hasta ese momento.

–Kathryn.

Ella lo miró con recelo en la mirada.

–¿Por qué te casaste con él?

Ella apretó los labios, se colocó el sujetador y se agachó para recoger el vestido arrugado con el ceño fruncido. Luca no dijo nada más. Tomó su camisa y se acercó a ella. Kathryn entreabrió los labios como si necesitara más aire y él no podía fingir que eso no le gustaba.

Le gustaba demasiado. El cuerpo de ella, las débiles marcas de la boca de él, de su mandíbula sin afeitar. Luca comprendió entonces que era una criatura primitiva, aunque nunca antes se había considerado así. En lo referente a Kathryn, era casi un animal. Le gustaba dejarle su marca.

Le puso su camisa sobre los hombros y le metió después los brazos en las mangas. Y a continuación la abotonó despacio e hizo con ella un vestido que era demasiado ancho para el cuerpo de ella pero que era, a su modo, otra marca.

El animal que había dentro de él rugió su aprobación.

—¿Me vas a contestar? —preguntó él en voz baja, mientras le enrollaba primero una manga y después la otra para evitar que le cayeran hasta casi las rodillas.

Ella tragó saliva, y él vio que sus ojos habían vuelto a cambiar de color, al verde pizarra que significaba que estaba excitada. «Bien», pensó él.

Pero ella parpadeó y respiró hondo.

—Dijo que podía ayudarme —repuso. Se apartó.

—¿Por qué necesitabas ayuda?

Kathryn se mordió el labio inferior.

—Mi madre estaba soltera cuando me tuvo —contestó.

Luca parpadeó. No sabía lo que esperaba oír, pero no era eso. Algo tan... común.

—Ella no quería tener un hijo, pero se quedó embarazada. Su pareja le dejó claro que no quería molestarse y, por si a ella le quedaba alguna duda, se fue del país, así que no podía esperar que contribuyera de ningún modo a la vida de un hijo que no quería.

—Un hombre encantador.

Kathryn sonrió débilmente.

—No sé. Nunca lo he visto.

Luca la vio acercarse a la cama y sentarse cerca de los pies con las piernas cruzadas y la camisa hinchándose en torno a su esbelta figura. De algún modo, eso la hacía parecer todavía más frágil.

Y hacía que Luca quisiera protegerla, incluso de esa historia que le contaba.

–Mi madre tenía grandes sueños –dijo ella después de un momento–. Había trabajado mucho para llegar donde estaba. Quería una vida plena y, en vez de eso, se encontró con una hija que criar justo cuando de verdad podría haber hecho algo con su vida.

Luca frunció el ceño.

–Pero supongo que criar una hija también puede ser una vida plena en otro sentido.

Kathryn lo miró y apartó la vista al momento.

–Habría trabajado duro para triunfar en las finanzas, pero, cuando me tuvo a mí, no podía dedicar las horas necesarias. Y, cuando dejó el trabajo que amaba, en un banco de inversiones, no pudo permitirse una niñera y tuvo que arreglárselas sola –entrelazó las manos–. Todos mis recuerdos de ella son trabajando. De hecho, normalmente tenía más de un empleo para que a mí no me faltara de nada. No le costaba trabajo hacer lo que otros no querían. Limpiaba casas y hacía lo que fuera para que yo tuviera una buena vida, y, a pesar de eso, yo siempre la decepcionaba.

Luca presentía que, si contradecía aquella historia, si la cuestionaba de algún modo, y no podía entender por qué había algo en él que insistía en que había que contradecirla, ella dejaría de hablar. Así que no dijo nada. Se limitó a cambiar la toalla por un pantalón de chándal y luego se cruzó de brazos y esperó.

Kathryn suspiró.

–Quería que yo trabajara también en inversiones porque así podía enseñarme todo lo que necesitaba saber y porque su experiencia podía guiarme.

–Creo que eso se llama vivir a través de tu hija. Y me parece que no es la mejor forma de maternidad o paternidad.

Ella frunció el ceño.

–En este caso no era eso. Nunca se me dieron bien las matemáticas. Mi madre intentó darme clases, pero era perder el tiempo. Yo no puedo pensar igual que ella. Mi cerebro no funciona como el suyo.

–Mi cerebro no funciona como el de mi hermano –señaló Luca–, y, sin embargo, llevamos tiempo dirigiendo juntos una empresa con éxito.

–Eso es diferente –Kathryn alzó un hombro–. Casi me dejé la vida estudiando Económicas. Pasaba horas y horas torturándome con los libros. Pero lo conseguí. Luego me matriculé en un máster porque mi madre pensaba que era el mejor camino para un futuro brillante. Pero el máster era peor que una tortura. Estaba acostumbrada a dedicar muchas horas, pero no era suficiente. Por mucho que hiciera, no era suficiente.

Movió la cabeza y Luca nunca en su vida había deseado tanto tocar a alguien. Parecía muy pequeña y derrotada, y eso le atravesaba el pecho como una bala.

Se le ocurrió que nunca la había visto así. Que ella siempre había luchado con él con la espalda recta y la cabeza alta. «Derrota» no era una palabra que hubiera asociado con ella.

Y no le gustaba.

Kathryn lo miró a los ojos.

–Y entonces conocí a tu padre.

–Ah, sí –comentó él–. En la mítica sala de espera donde nació vuestra amistad. La única amistad que tuvo el viejo en su vida, hasta donde yo sé.

–Tú me has pedido que te cuente la historia –señaló ella.

Luca inclinó la cabeza, invitándola en silencio a continuar.

–Ocurrió tal y como te dije –declaró Kathryn con mirada reprobadora–. Empezamos a hablar. Tu padre era encantador. Divertido.

Luca hizo una mueca.

–Viejo.

–Quizá no todo el mundo tiene tantos prejuicios con la edad como tú –respondió ella, cortante.

Él se pasó una mano por el pelo, irritado y frustrado a partes iguales.

–Ya es hora de oír la verdad –murmuró.

Se colocó directamente enfrente de ella, a los pies de la cama alta.

–Estoy diciendo la verdad. Si no es la que tú quieres oír, no puedo evitarlo –respondió ella. Lo miró como si su proximidad la molestara. Luca esperaba que fuera así porque entonces estarían empatados–. Creo que ya hemos establecido que tienes la costumbre de creer lo que quieres creer, sin importar cuál sea la verdad.

Él asintió.

–Pero esto no es una cuestión de inocencia. Es una cuestión de cómo una chica joven conoce a un hombre mucho más mayor en la sala de espera de un doctor, o sea que no puede tener fantasías de que haya algo viril en él, y decide casarse con él de todos modos. No tengo dudas de que te lo propuso él. Lo hacía siempre. Pero ¿qué te hizo aceptar?

Kathryn le sostuvo la mirada y Luca no se movió. Ni siquiera parpadeó, consciente de algún modo de que ella estaba tomando una decisión trascendental y él necesitaba que fuera la buena. Lo necesitaba y no quería investigar por qué era tan fuerte esa necesidad. Después de un rato, ella suspiró.

–Mi madre tiene una artritis incapacitante –explicó–. Cuando la ataca, apenas se puede mover. Había llegado al punto en el que le era muy difícil ser independiente –movió la cabeza–. Yo debería haber estado a su lado para ayudarla, pero entre las clases y las horas de estudio que tenía que dedicarle al máster, no podía hacer también eso. Vivía con ella, lo cual ya era algo, pero empezaba a tener la sensación de que nos hundíamos sin remedio.

Respiró con fuerza.

–Cuando mi madre salió de la consulta, reconoció a tu padre enseguida. Una cosa llevó a otra y fuimos todos a comer.

Luca esperó.

–Tu padre era una persona con la que resultaba muy fácil hablar.

–Yo no comparto esa impresión.

–Mi madre se lo contó todo. Mi lucha con el máster, su batalla con la artritis... Él se mostró muy amable. Al final de la velada, él preguntó si podía volver a verme a mí sola.

–Aquí es donde creo que necesito aclarar algo –murmuró Luca–. ¿Tú saliste mucho con chicos?

–No salí con ninguno –replicó ella.

Y Luca casi no reconoció la fiera sensación que lo invadió, una sensación de posesividad mezclada con triunfo.

—Pero saliste con mi padre.

Ella pareció incómoda por primera vez.

—No quería hacerlo —admitió—. Pero había sido muy amable y no vi ningún daño en volver a cenar con él. Pensé que hacía una buena obra.

—¿Qué pensaba tu madre?

Luca vio que ella vacilaba.

—Siempre ha pensado que tengo más belleza que sentido común —contestó Kathryn despacio—. Y me temo que yo demostré eso con mi fracaso en los estudios.

—Una licenciatura en Económicas no es ningún fracaso.

—Tuve que esforzarme diez veces más que ella y solo lo conseguí por los pelos —repuso ella—. Pero cuando conocimos a tu padre, parecía la oportunidad, perfecta para dejar de preocuparse de la parte de la inteligencia y hacer algo bueno con la belleza, para variar.

—¿Qué significa eso? —preguntó Luca entre dientes.

—Que las dos sabíamos que a él le gustaba mi aspecto —dijo Kathryn. Se sentó más recta en la cama—. Y se mostró igual de divertido, amable y encantador cuando salí a solas con él. Aun así, cuando me pidió que me casara con él en la tercera cita, me eché a reír.

Su mirada se había vuelto fiera. «Protectora», pensó Luca.

—Me dijo que sabía que era un viejo tonto y vani-

doso por pensar que una chica como yo pudiera querer atarse a alguien como él. Sabía que no le quedaba
mucho tiempo. Me aseguró que solo quería compañía porque ya no le quedaba nada más que ofrecer.
Me dijo que era la mujer más hermosa que había
visto en años y que no se le ocurría un modo mejor
de morir que conmigo tomándole de la mano.

–Te halagó.

–Me necesitaba –replicó ella, cortante–. Era viejo
y estaba solo y asustado. Me dijo que tenía hijos a
los que no estaba muy unido y que no había motivos
para imaginar que eso fuera a cambiar. No quería
morir solo, Luca. Y no pensé que fuera un monstruo
por eso.

Luca tenía la sensación de haberse quedado cla-
vado al suelo. Como si se hubiera convertido en piedra.

–¿Y por eso te casaste con él? ¿Por lástima? –preguntó–. ¿Por la bondad de tu corazón? ¿Para salvar a
un viejo de la soledad? Eres una santa, desde luego.
Pero era un hombre muy rico, Kathryn, y no nego-
ciaba mucho con santos ni con gente piadosa. No lo
necesitaba. Podía haberse comprado un ejército de
enfermeras que le hicieran compañía, si era eso lo
que quería en sus últimos días. Así que volveré a
preguntártelo. ¿Por qué te compró?

–No me compró, Luca –respondió ella, y parecía
tan furiosa como vulnerable–. Me salvó.

Kathryn deseó retirar las palabras en cuanto salie-
ron de su boca.

Quedaron pendiendo en el aire entre ellos y su brillo bastaba para arrojar sombras sobre el resto de la habitación, incluido Luca.

Ella no sabía lo que esperaba que hiciera él, pero no era que se quedara mirándola con intensidad, de un modo que ella comprendía ese día de una manera distinta.

La verdad era que ese día entendía muchas cosas de un modo diferente.

Su propio cuerpo. El de él. Las cosas que él podía hacer con los dos. Lo que significaba esa mirada de sus ojos oscuros, y más, lo que había significado también esos años, sin que ella lo supiera.

Pero nunca había dicho en voz alta la verdad sobre su matrimonio y no estaba segura de por qué acababa de decirlo entonces.

—Continúa —gruñó Luca cuando parecía que habían pasado siglos—. Explícamelo.

La miraba desde arriba como si estuviera tallado en piedra. Y ella no pudo luchar contra la compulsión que no entendía pero que le hacía querer darle todo lo que él pedía, fuera lo que fuera.

Todo. Incluso aquello.

—Mi madre estaba encantada —dijo con voz raspadosa, como si la asfixiara su rendición—. Tu padre le compró una casita y le pagó cuidados internos, de modo que ella no necesitaría trabajar nunca más.

Su madre no solo estaba «encantada», sino algo más complicado, pero Kathryn no sabía cómo explicárselo a aquel hombre porque no sabía cómo definírselo a sí misma.

—Ser la esposa de un hombre como Gianni Castelli es un trabajo de jornada completa –había dicho Rose imperiosa, sentada a la mesa de la cocina del viejo apartamento alquilado en el que vivían, con una lista de casas en venta delante de ella. No había dudado de que Kathryn aceptaría la proposición de Gianni. Eso ni siquiera se había discutido–. Requerirá estudio y aplicación, por supuesto, en el caso de que quieras convertirlo en una carrera.

–¿Una carrera? –Kathryn no la había entendido–. No se encuentra bien, mamá. No es probable que dure más de cinco años.

–Tienes que ver esto como un aprendizaje, hija mía. Un escalón para cosas mejores –Rose la había mirado de arriba abajo y había movido la cabeza–. Eres bastante guapa, eso no se puede negar. Y aunque todavía no has demostrado ser tan lista como yo esperaba, creo que puedes triunfar en este campo. Los únicos números que necesitarás saber son los del tamaño de tu paga.

–Mamá –había dicho Kathryn entonces–. No estoy segura de...

–Escúchame, Kathryn –había intervenido su madre con voz apagada–. Yo lo sacrifiqué todo por ti. Trabajé hasta quedarme así. ¿Y qué hubiéramos hecho si Gianni Castelli no hubiera aparecido y se hubiera encaprichado de esa cara tuya? Tienes que capitalizar eso –había resoplado–. Aunque solo sea por mí. La verdad es que has demostrado que no estás muy capacitada para una carrera en las finanzas. ¿Cómo pagaremos las facturas sin ese matrimonio?

–Pero... –Kathryn había sentido entonces lo que sentía siempre que Rose hablaba así. Vergüenza. Culpabilidad. Desesperación por ser tan deficiente. Angustia por no poder cumplir las expectativas de su madre. Y una pizca de algo más, algo terco y triste, que no entendía por qué nada de lo que hacía era nunca lo bastante bueno por mucho que se esforzara–. Soy yo la que tengo que casarme con un hombre al que no amo.

–¿Amor? –había preguntado Rose–. Esto no es un cuento de hadas. Aquí se trata de deber y responsabilidad –había movido las manos en el aire, con los nudillos hinchados–. Mira lo que me he hecho a mí misma trabajando para ti. Mira cómo me arruiné la vida y renuncié a todo lo que me importaba. Depende de tu conciencia cómo quieras compensarme por ello.

Y puesto de ese modo, Kathryn no había tenido otra opción.

–Parece que tu madre se llevó la mejor parte del trato –comentó Luca, devolviéndola al presente.

–Se llevó lo que se merecía después de todo lo que hizo por mí –repuso Kathryn con rotundidad–. Y yo no podía dárselo. Gracias a tu padre puede vivir el resto de su vida en paz. Se lo ha ganado.

Había algo en la expresión de Luca que sugería que no estaba de acuerdo y ella se puso instantáneamente a la defensiva, pero él no prosiguió con el tema.

–¿Y qué ganaste tú? –preguntó–. ¿Cómo te salvó ayudar a tu madre?

–Pude dejar el máster, por supuesto –se apresuró a decir ella–. Toda esa lucha, todos esos años de no estar nunca a la altura de lo que se esperaba de mí desaparecieron completamente en un instante, solo porque tu padre quería casarse conmigo.

Y quizá, solo quizá, había disfrutado de un descanso de su sumisión a los deseos de su madre. Quizá le había gustado que alguien la tratara como a una especie de premio para variar.

–Kathryn –dijo Luca, con una voz tan gentil que ella se estremeció–. Debes saber...

Pero ella no quería oírlo. Se echó hacia delante, se puso de rodillas y extendió las manos para apoyarse en la pared del pecho de él.

–Escúchame –dijo, consciente de que su voz sonaba desesperada–. Puedes pensar lo que quieras de las intenciones de tu padre, pero para mí fue un sueño hecho realidad. No tiene por qué gustarte, pero esa es la verdad. Es un hecho.

Estaba muy cerca de él, tocándolo. Y el calor delirante de él se transmitió a ella y la hizo sonrojarse de nuevo.

Pero esa fiebre la reconocía.

No quería hablar de su matrimonio ni de sus complicadas familias. No sabía qué era aquello oscuro que había en los ojos de él, y no quería saberlo.

Se incorporó hacia delante y lo besó en los labios.

Y le pareció un beso tonto y sin arte, no como los que le había dado él, y Luca permaneció un momento inmóvil, como si estuviera atónito, pero después se movió. Puso la mano en la nuca de ella y la besó una y otra vez. La besó hasta que ella se apretó contra él, desesperada y salvaje, porque en esos momentos ya sabía las cosas mágicas que él podía hacer.

Pero Luca se apartó, todavía con la mano en la nuca de ella y los ojos brillantes.

–¿Has hecho eso para distraerme? –preguntó.

–Sí –respondió ella.

–¿Es la única razón?

Kathryn subió las manos por la mandíbula de él y sostuvo su rostro entre las manos, como había hecho antes él con ella. Y estaba tan cerca que sintió el intenso temblor de él. Y eso la hizo sentirse llena de poder.

–Puede que hayas notado que me gusta besarte, Luca –dijo. Y su voz era solemne. Porque, de algún modo, las cosas habían cambiado entre ellos y en los ojos de él había algo demasiado serio–. Tú has sido el primero.

–El primero en tu cama.

Ella esperó, tocándolo todavía. Vio el momento exacto en el que él lo entendió. Y entonces, algo más oscuro, más anhelante e indescriptiblemente masculino lo iluminó e hizo que le brillaran los ojos.

–*Cucciola mia* –murmuró, con la boca sobre los labios de ella–. Puede que nos matemos mutuamente.

Y entonces la tumbó sobre la cama y demostró a qué se refería exactamente.

# Capítulo 10

UNA semana más tarde terminaron sus negocios en California y volvieron a Italia con Rafael, Lily y una enfermera privada para Lily y su bebé todavía no nacido.

Luca se habría encontrado mejor sin tanta gente.

Había sido una semana de tortura, estando con Kathryn en privado y teniendo que actuar en público como si nada hubiera cambiado.

Se dijo que sería diferente en Roma. No tendrían que esconderse de su hermano y posiblemente, sin el elemento de lo prohibido, el deseo remitiría. Siempre era así. No era el tipo de hombre que creara ataduras y sabía que no debía desear cosas que no podía tener. Había aprendido eso de niño y nunca lo había olvidado.

Y la verdad era que nunca antes había sido un problema.

Pero primero tenían que llegar a Roma y separarse de su hermano y de Lily, que seguirían camino hasta la mansión familiar en los montes Dolomitas. A las pocas horas de vuelo, Rafael y él eran los únicos que permanecían despiertos en la zona de estar del jet. Los demás se habían retirado hacía rato a las habitaciones.

–Kathryn –musitó Rafael.

Luca lo miró sin alterar su posición estirada en uno de los sofás.

–Sí –dijo–, Kathryn. Mi ayudante personal, en cumplimiento de los deseos de nuestro amado patriarca. No me he quejado, ¿verdad?

–No –asintió su hermano–. Eso es lo que me preocupa.

Luca fingió una risa que no sentía.

–Soy muy adaptable y obediente.

–Pero en ese punto no eres ninguna de esas cosas –Rafael enarcó las cejas–. A pesar de la gran alegría que te produce fingir otra cosa.

–Te equivocas, hermano. No soy más que un playboy con un equipo de empleados excelentes, a los que pago muy bien para cubrir mi incompetencia. La prensa rosa así lo ha decretado y, por lo tanto, debe de ser verdad.

Rafael tardó un momento en hablar. Luca se sorprendió apretando la mandíbula y se obligó a parar.

–Esperaba que te libraras de ella en una semana.

Luca se encogió de hombros.

–Ha demostrado ser más tenaz de lo que había previsto.

Rafael lo miró.

–También ha sido de gran ayuda estas dos últimas semanas. Los clientes la adoran. Sospecho que la mitad de ellos han corrido a la prensa rosa a contar sus propias historias de «Santa Kate» en cuestión de horas después de haberla conocido –extendió las piernas ante sí–. No hace falta que te diga que eso ha dado un giro positivo a las cosas. Muchos clientes me han felicitado por nuestra magnanimidad al contratarla. Es como si fuera la mascota de la empresa.

Luca se sentó recto y miró de hito en hito a su hermano.

–Esta es una situación temporal –dijo, con voz entrecortada–. Eso fue lo acordado.

–Quizá debamos reconsiderarlo –Rafael se encogió de hombros–. Si ella realza nuestro perfil, no veo por qué no vamos a seguir utilizándola.

–Quizá la dama no quiera ser utilizada más tiempo –replicó Luca con frialdad–. Es posible que ya tuviera bastante con la transacción comercial de su matrimonio. Quizá solo quiera hacer su trabajo.

Aquello, por supuesto, era un gran error. Lo supo en cuanto hubo hablado sin pensar.

Rafael parpadeó.

–Me da igual lo que quiera ella, siempre que beneficie a la empresa –dijo en voz baja.

–La empresa –murmuró Luca, de nuevo sin pensar. Casi como si no pudiera controlarse–. Siempre la empresa.

No le gustó nada cómo lo miró su hermano entonces.

–¿Han cambiado nuestros objetivos sin que yo lo sepa, Luca? ¿O solo los tuyos?

Kathryn no respiró libremente hasta que estuvo a salvo en su apartamento italiano.

¡Vaya desastre!

Miró a su alrededor, la luz de la mañana que entraba por los altos ventanales, como si fuera la primera vez que lo veía. Le costaba imaginarse a la persona que había sido al salir de allí. Esa persona que se había quedado en algún lugar de Sonoma.

¿Cómo había podido cambiar su mundo tan de repente?

Su matrimonio con Gianni había sido un cambio, sí, pero un cambio de circunstancias, no de quien era por dentro. Simplemente había cambiado una serie de deberes y obligaciones por otra, y la verdad era que le había gustado más cuidar de Gianni que estudiar el máster y ocuparse de su madre.

Pero aquello era diferente. Ella era diferente.

Y no sabía si tenía que intentar volver a ser la de antes o aceptar en lo que se había convertido. Lo que quiera que eso fuera.

Respiró hondo varias veces y decidió que la mejor respuesta por el momento era una taza de té. Todo lo demás podía esperar.

Se estaba terminando dicha taza en la pequeña terraza con vistas a los tejados de Roma cuando llamaron a la puerta. Se le aceleró el corazón. Solo podía ser Luca.

Fue a abrir descalza y no le sorprendió verlo apoyado en la jamba, con una mano en el pelo y una mueca en la cara.

–¿Adónde has ido? –preguntó.

–A casa –repuso ella–. Obviamente.

–¿Por qué has salido corriendo? He mirado a mi alrededor y habías desaparecido.

Ella no quería dejarlo entrar, y no podría decir por qué. Se cruzó de brazos y permaneció en el umbral.

–He venido a casa –dijo con claridad–. Tú me has

dicho que hoy no tenía que ir a trabajar. ¿Ha cambiado algo?

A él le brillaron los ojos. Se incorporó y se apartó de la jamba.

–¿Qué crees que ocurre aquí, Kathryn? –preguntó con suavidad.

Ella se negó a mostrarle su incertidumbre. Había perdido su virginidad con aquel hombre y él era un amante muy exigente y detallista. A cualquier mujer le costaría recuperarse de una combinación así.

–Lo que ocurre es que, después de un largo viaje de trabajo de dos semanas, mi jefe está en mi puerta –respondió–. Si no tienes algún encargo para mí, creo que debes irte.

Esperaba enfado por parte de él y se preparó para eso. Luca pareció atónito por un momento, pero después, curiosamente, se echó a reír. Y su risa la afectó más de lo que la habría afectado su enfado. Puso cara seria para espantarlo, para impedir que la risa se hundiera muy hondo debajo de su piel.

Pero era como intentar parar la luz del sol.

–Ven aquí, *cucciola mia* –dijo él cuando terminó de reírse.

La llamó con un dedo y ella deseó mordérselo. Ya estaba demasiado cerca.

–Estoy aquí –le dijo–. No necesito acercarme más y no soy tu cachorrito.

–En eso te equivocas –respondió él–. Vamos, Kathryn, dame un beso. Emplearás mejor así la boca que usándola como un ariete cuando se nota que no lo dices en serio.

–Sí lo digo en serio.

–No es verdad –la corrigió él. Avanzó hacia ella con aquel brillo intenso en su mirada oscura que ella sabía ya que era deseo–. Tienes miedo.

–Por supuesto que no –respondió ella. Pero no pudo moverse más.

Había retrocedido hasta la pared del pequeño vestíbulo del apartamento y ni siquiera se había dado cuenta. Tragó saliva con fuerza.

–No tengo miedo –le dijo con claridad–. Pero necesito tiempo para aclararme.

–¿Por qué?

–No tengo que justificar cómo paso mi tiempo libre.

–Cierto. Pero podrías pasarlo debajo de mí, volviéndonos locos a los dos con el modo en que mueves esas caderas tuyas.

Kathryn abrió la boca, pero no dijo nada. Luca sonrió.

–No podemos... tener sexo todo el tiempo –protestó Kathryn. Pero hasta ella podía oír que su voz sonaba débil. Aflautada.

Esa vez, la maravillosa risa de él se quedó en sus ojos, arrancándole brillos dorados que hacían que ella se estremeciera.

–¿Por qué no?

–El sexo es una debilidad –le dijo ella muy seria–. Un arma.

–Eso parecen los desvaríos de alguien a quien no se le da muy bien y por lo tanto no lo disfruta –contestó él con otra risa–. Una descripción que no encaja contigo en absoluto.

Kathryn no supo qué expresión puso ella entonces, pero el rostro duro de él se suavizó y la estrechó contra sí como si fuera una cosita frágil hecha de filigrana de vidrio. Le apartó el pelo de la cara y la miró a los ojos.

Y a ella se le abrió el corazón en el pecho y le dijo cosas que no quería aceptar. Sentía cosas que nunca había pensado que sentiría por nadie y, desde luego, no por él. Pero aunque había sido virgen antes de conocer a Luca y antes que él no la había tocado nadie, no era ninguna idiota.

«Solo una idiota le diría a Luca Castelli que se está enamorando de él», se riñó. «Él no quiere saber eso».

–Contigo al lado no puedo pensar –susurró–. Y el sexo lo empeora aún más.

Sintió que el pecho de él se movía como si se riera, aunque no emitió ningún sonido.

–Lo sé –contestó Luca. Bajó las manos por la espalda de ella y por las curvas de sus nalgas–. El sexo lo vuelve todo terrible.

Estaba caliente y duro contra el vientre de ella y Kathryn pensó que él supo el momento exacto en el que ella se rindió. Él siempre lo sabía.

Luca sonrió entonces.

–Pero también hace que sea mucho mejor.

Y, cuando se dispuso a demostrarlo, Kathryn no lo detuvo.

Porque lo deseaba más de lo que deseaba resistirse.

Y pensaba que él también sabía eso.


Diez días después de volver de California, Luca se detuvo en la puerta de su despacho después de terminar una ronda de llamadas a los Estados Unidos y frunció el ceño. Era por la tarde y todos los empleados se habían ido hacía rato. Todos menos Kathryn.

Ella estaba sentada a su mesa en el espacio abierto fuera del despacho de él y mecanografiaba con rapidez, lo cual no tenía ningún sentido, puesto que él no le había dado ningún trabajo que tuviera que terminar a aquella hora.

–Deberías haberte ido hace horas –le dijo. Y el animal que todavía se paseaba dentro de él cuando se acercaba a ella gruñó su aprobación cuando ella se sobresaltó al oírlo y después sonrió–. ¿No he mencionado algo de nadar desnudos bajo las estrellas? Eso ocurre arriba, lejos del ordenador.

–Tengo que terminar esto –repuso ella, con los dedos volando sobre el teclado–. Después podemos mirar las estrellas todo lo que quieras.

–La parte que me interesa es la de desnudos. Las estrellas son un señuelo. No sé si lo has notado, pero estamos en medio de la ciudad.

Ella arrugó la nariz, pero siguió escribiendo. Luca se colocó detrás de ella y tiró levemente del extremo de su elegante coleta. Ella suspiró de contento, pero no se detuvo, y él leyó por encima de su hombro.

–Ese es el informe de Marco –gruñó–. Me dijo que me lo tendría mañana por la mañana.

–Y te lo dará –repuso Kathryn–. En cuanto lo termine yo.

Luca apartó la silla de ella de la mesa y la obligó a parar. Giró la silla para mirarla a los ojos.

–Tú no eres la ayudante de Marco –dijo–. Eres la mía.

Era mucho más que eso, aunque Luca sabía que no tenía las palabras para decírselo. Era el latir de su corazón, era el calor que nunca lo abandonaba. Y era mucho más.

–Quizá no sepas que es parte del trabajo de tu ayudante revisar y corregir todos los informes que llegan a tu mesa –repuso ella.

–No lo es.

–¡Qué extraño! –murmuró ella–. Seis miembros del equipo me han asegurado que sí.

Aquello no tenía nada de raro. Luca prácticamente la había declarado veda abierta desde que había empezado a trabajar. ¿Cómo había podido olvidarlo?

Se pasó una mano impaciente por el pelo.

–Hablaré con ellos.

–No –replicó ella–. No lo harás.

–No pueden seguir abusando de ti de este modo.

Ella se cruzó de brazos.

–Tú no puedes intervenir. Se arreglará solo.

–Yo te puse esa diana en la espalda y yo te la quitaré.

–Y, si lo haces, será como si me dispararas tú. No necesito que me des un trato especial. Todo el mundo sabe que te viste obligado a contratarme. Si intervienes ahora, solo lo empeorarás todo.

–Kathryn...

–Te dije que sería buena en esto y lo soy –repuso ella con la barbilla alta–. Mi trabajo habla por sí mismo. Me ganaré a tu equipo, y, si no es así, hacer todo el trabajo que ellos no quieren hacer significa que conoceré sus trabajos tan bien como el mío. Todo eso me ayuda.

–Tú no necesitas ninguna ayuda.

–No podía hacer el trabajo para el que me he formado toda mi vida –dijo ella con fiereza–. Esta es mi oportunidad. No pienso desperdiciarla y no voy a dejar que tú me salves. Triunfaré o fracasaré yo sola.

Luca la miró. En su interior se producía una batalla que no comprendía. O quizá no quería comprenderla. Quizá aquello que lo embargaba estaba tan fuera de su experiencia que comprender la verdad de ello podía partirlo en dos.

–Tú dejaste que mi padre te salvara una vez –dijo.

Ella le sostuvo la mirada, y la suya era solemne.

–Y ahora quiero salvarme sola –respondió con determinación–. Y quiero que tú me dejes.

# Capítulo 11

PASARON dos semanas más y Luca se vio obligado a afrontar el hecho de que su deseo por Kathryn no desaparecía en absoluto.

Había pasado más tiempo con ella que con ninguna otra mujer con la que había estado. Ella trabajaba con él, viajaba con él, dormía con él. Él se habría imaginado que tanta familiaridad solo podía producir desprecio, pero Kathryn era una revelación diaria. Lo fascinaba desde por su competencia en la oficina, que incluso los empleados empezaban a reconocer, hasta con su placer desinhibido por todo lo que hacían juntos en la cama.

Era demasiado perfecto. Demasiado bueno. Y él había aprendido hacía tiempo que no había nada «demasiado bueno para ser verdad». Había que pagar por ello.

Su infancia se lo había enseñado bien.

Recordaba perfectamente los distintos modos en los que había intentado atraer la atención de su padre. La conmoción que había causado. Los objetos preciosos que había roto. Las pataletas, las escapadas, las malas contestaciones. Todo para que alguien emparentado con él le demostrara que lo quería. Pero eso no había ocurrido.

Y Luca ya no era un niño abandonado. Hacía tiempo que había perdonado a su hermano, quien había afrontado la situación familiar como había podido y después se había enredado en una relación de locura con Lily. Su madre se había suicidado, aunque en el sanatorio dijeran que había sido un accidente, ante la perspectiva de tener que lidiar con los niños que había engendrado. Y Gianni nunca había prestado ninguna atención a su hijo menor.

Luca no sabía cómo creer en la posibilidad de que Kathryn pudiera quererlo. De que lo había elegido para trabajar con él y todo aquello no era una gran estratagema.

—¿Qué reacción buscas? —le había preguntado una de sus madrastras años atrás, cuando él había roto una noche todos los platos de la cena.

Gianni se había limitado a salir del comedor y la madrastra se había quedado, crispada y fría.

—Te odio —le había gritado Luca con toda la furia de su corazón de diez años.

—A ti nadie te odia —había contestado ella—. Tampoco le importas a nadie. Cuanto antes reconozcas eso, más feliz serás.

Él no lo había olvidado nunca. Y nunca había vuelto a suplicar atención.

Ese día era un domingo que anunciaba la primavera. Luca respiró hondo. Había despertado a Kathryn al modo habitual cuando todavía era de noche, la había dejado temblorosa en su cama y había salido a correr por aquella hermosa ciudad, desierta a esas horas, como si Roma fuera solo suya.

Era su hora favorita para correr, muy temprano.

Pero ese día, sabiendo que Kathryn esperaba su regreso en la casa, volvió antes de lo habitual.

No la encontró en la primera planta del dúplex, donde estaba a menudo preparando café o algo de comer. Subió la escalera en espiral hasta el dormitorio del ático, esperando encontrarla todavía en la cama. Pero esta también estaba vacía.

Se asomó por la ventana y la vio en la parte más alejada de la azotea, de espaldas a él y mirando la ciudad a sus pies. Luca se duchó rápidamente y se puso unos pantalones antes de salir fuera.

Ella no se volvió cuando él cerró la puerta de cristal a sus espaldas. Siguió donde estaba.

—Espero que no estés pensando en saltar —dijo él.

Kathryn no contestó ni siquiera cuando él se acercó a su lado en la balaustrada. Estaba pálida. Casi... asustada.

—¿Ha ocurrido algo?

Ella tragó saliva y se volvió a mirarlo despacio, muy despacio.

—No sé cómo decirte esto —dijo. Y la voz no parecía suya.

Luca extendió el brazo para tocarle la cara, pero ella se apartó con rapidez.

—Pues sugiero que me lo digas deprisa —dijo él, con el ceño fruncido.

Ella tardó un momento en hablar.

—Cuando te has ido —dijo, todavía con aquella extraña voz incorpórea, como si hablara desde una gran distancia—, he vomitado.

—¿Y qué haces aquí fuera? Ven. Volvamos a la cama.

–Hace algún tiempo que siento náuseas –continuó ella, sin moverse–. Viene y va. Pensé que podía ser ansiedad –apretó los labios con fuerza, como si reprimiera un sollozo–. Pero hoy se me ha ocurrido otra posibilidad y he salido a comprar una prueba. Y ya tengo la respuesta.

Luca tuvo la sensación de que se había quedado congelado en el sitio.

Era consciente de todo. De la brisa que jugaba con el pelo de ella, de la luz dorada del sol alrededor de ellos, del ruido del tráfico en la distancia y de las campanas que sonaban al viento.

Y de lo que ella iba a decir y que convertía todo aquello, todo lo que había sentido y todo lo que había pasado desde aquella noche en el coche en California, en una mentira. Un fraude. El acto definitivo de una criatura que lo había engañado completamente, que le había hecho creer que podía ser un hombre diferente. Le había hecho imaginar por un instante que podía vivir una vida distinta. Le había hecho olvidar todas las verdades que sabía sobre la actual.

Pero siempre había estado en guardia. Nunca había renunciado a su control... hasta ella. Y precisamente por eso, nunca había querido nada.

Pensó que lo que encontraría más imperdonable después, cuando pudiera pensar, era que, incluso en ese instante insoportable en el que comprendía bien cómo lo habían tomado por tonto, habría dado lo que fuera por que ella dijera alguna otra cosa.

«Cualquier otra cosa».

Cualquier cosa que le permitiera seguir fingiendo que podía ser esa otra versión más blanda de sí mismo.

Pero ese no era su destino.

Y ella era una ilusión.

Debería haberlo sabido desde el principio.

Aun así, esperó contra toda esperanza.

—Luca —dijo ella.

El nombre en su boca fue como un golpe. La traición final en una guerra que no sabía que ella había luchado todo ese tiempo. Una guerra que sabía que había perdido cuando había dejado de verla como a un enemigo cuando ella nunca había sido otra cosa. «Nunca». Y eso significaba que la atacaría de todos los modos posibles.

—Estoy embarazada.

Kathryn apretaba las manos con fuerza y parecía que no podía dejar de hacerlo. El hombre del que se había enamorado a su pesar se había quedado tan inmóvil que podía haber sido una parte de la pared de piedra que rodeaba su terraza del ático. Una estatua romana más, y más o menos igual de asequible.

No sabía lo que esperaba. Que Luca palideciera, que gritara, que se desmayara o se tambaleara de un modo melodramático...

Pero él no hizo nada de eso.

La miró fijamente, primero la cara y después el vientre, donde, por supuesto, no había señales de nada. Tardó mucho rato en volver a subir la mirada hacia arriba y, para entonces, Kathryn tenía ya todos los nervios de punta.

Y, cuando por fin habló, su voz sonó indiferente e insultante. Fue una voz que ella reconoció al instante, aunque había olvidado cuánto la odiaba.

—Asumo que tienes los documentos necesarios que apoyen esa afirmación —dijo.

Kathryn parpadeó.

—¿Documentos? He hecho una prueba de embarazo. Es un palito, no un documento.

A él le brillaron los ojos, y no de un modo agradable.

—Kathryn, por favor —dijo, con una risita que parecía papel de lija en la piel de ella—. Supongo que no creerás que eres la primera mujer que comparte mi lecho y después decide que le gustaría mamar de la teta de los Castelli toda su vida —se encogió de hombros—. Me gusta el sexo, como ya has descubierto, y en estas cosas siempre hay un riesgo. No rechazo una demanda de paternidad de entrada, pero insisto en que quede probada sin ninguna duda.

Ella apretó los puños.

—¿Eso significa que tienes muchos niños accidentales? —preguntó.

—No tengo ninguno —repuso Luca—. Pero la perfidia de la mujer corriente es así.

—Querrás decir de la mujer corriente con la que decides acostarte tú —repuso ella—. Quizá el denominador común no sea tanto su perfidia, sino tú.

Él la miró con la misma furia y disgusto que solía ponerla nerviosa antes, cuando no lo conocía, cuando no había comprendido qué era aquello que sucedía entre ellos.

En esa ocasión solo le dio náuseas.

–Reuniré al equipo habitual de abogados y médicos –dijo él, y parecía aburrido–. Les informaré de que irás mañana a verlos. ¿Te viene bien? Si te sirve de algo, vas a tener mucho tiempo libre. El testamento de mi padre me impide despedirte, pero a partir de ahora trabajarás mejor a distancia, por Internet.

Kathryn sacudió la cabeza para no sucumbir al mareo que la envolvía.

–Pero...

–Siento que esto no esté a la altura de tus fantasías, madrastra –dijo él con voz como el acero–. Deberías saber que el ochenta por ciento de las mujeres que hacen estas afirmaciones no acuden a la cita que demostraría que son mentirosas. El otro veinte por ciento debe de imaginarse que bromeo cuando digo que haré esas pruebas. ¿En qué lado estarás tú?

Kathryn se sentía perdida y algo peor, algo como medio vacía y medio enferma. Y además tenía la terrible sensación de que todo aquello había ocurrido antes. No a ella, sino por ella. Su madre se había visto obligada a tener una conversación como aquella. Kathryn también había sido un accidente.

Una cosa estaba clara. Le había fallado a su madre. De nuevo. Y esa vez del único modo que sabía que Rose no le perdonaría nunca. Pero no importaba. Ella tampoco se perdonaría nunca a sí misma.

–Luca –dijo, y no le importó que le temblara la voz y tuviera los ojos llenos de lágrimas–, no tienes que hacer eso.

Él se rio con desprecio.

–Tus dotes de interpretación son impresionantes.

Kathryn apretó los dientes.

–Sabes perfectamente que yo era virgen.

–Sé que eso es lo que tú querías que creyera –replicó él, imperturbable, aunque le centelleaban los ojos–. Pero ¿cómo saber si era verdad o una demostración más de teatro por tu parte? Una prueba de ADN es mucho más fiable.

Ella movió la cabeza, furiosa consigo misma por haber olvidado que, en el fondo, aquel hombre la odiaba. Todo lo demás era sexo. La verdad era que Luca la odiaba y siempre la odiaría. Y habían creado un niño de eso. De su profunda estupidez al caer en la única tentación a la que no se había podido resistir.

«Solo se necesita un error», había dicho siempre su madre.

Y Kathryn lo había cometido. Pero eso no significaba que tuviera que cometer otro. Le había dicho a Luca que quería salvarse sola. Ahora tenía alguien más en quien pensar y lo mejor que podía hacer por su hijo era alejarse de Luca Castelli y de todo el odio que ardía en él como brasas que nunca se apagaban.

Daba igual que pensara que lo amaba. Quizá era así. Pero lo que importaba era qué tipo de vida podía proporcionarle al bebé que llevaba en el vientre. Su corazón roto no importaba nada. Nunca le había importado a nadie.

Carraspeó.

–Déjame ponerte esto fácil –dijo–. Dimito. Hablaré con Rafael y le diré que prefiero la suma que me dejó tu padre y no volverás a verme. ¿Ya estás contento?

La mirada de él se hizo aún más oscura e intensa. Brillaba de furia, pero no la golpeó. Por supuesto que no. Le puso una mano en el cuello y acercó su boca a la de él.

Sabía a pecado y redención, a furia y traición, y Kathryn era una tonta.

Una tonta sin remedio, pero no pudo evitar devolverle el beso. Aunque aquella fuera la última vez.

O especialmente porque era la última vez.

Él tomó su boca como si fuera de su propiedad, la atrajo hacia sí de modo que los senos de ella se aplastaron en el pecho de él y Kathryn se arqueó hacia él a su pesar.

El corazón le latía con fuerza. Él hundió las manos en el pelo de ella y la besó una y otra vez, hasta que ella se derritió contra él y le devolvió los besos con el mismo fuego, con la misma necesidad.

Y solo entonces la soltó él.

—Luca... —susurró ella.

Pero la cara de él mostraba disgusto y desilusión, y algo tan duro que a ella se le encogió el corazón.

—Márchate —dijo él—. Y no vuelvas nunca.


Tres días después, Luca estaba en una reunión en la sala de conferencias cuando todos los teléfonos de su oficina empezaron a sonar con mensajes de texto y llamadas.

El suyo particularmente.

Lo ignoró e hizo señas a un empleado para que continuara con la presentación. Pero a medida que avanzaba la reunión, empezó a ver mucha actividad al otro lado del cristal. Y su móvil seguía vibrando.

Finalmente, su Relaciones Públicas entró y se quedó en la puerta con una expresión que no auguraba nada bueno.

–Disculpen –dijo Luca–. Parece ser que me necesitan.

Tomó su teléfono y salió a la oficina común.

–¿Qué pasa? –preguntó a Isabella, la Relaciones Públicas.

–La prensa rosa –repuso ella–. Creo que debes echarle un vistazo.

Luca se dirigió a su despacho y se encerró allí. En su ordenador, encontró la bandeja de mensajes llena. Apretó los dientes e hizo clic en los enlaces que le había enviado un montón de gente bienintencionada. Y entonces lo vio:

*Santa Kate Se Divierte Sexualmente Con El Hijo Playboy De Gianni.*
*Santa Kate Asciende Del Padre Al Hijo. Drama En La Madrastra Santa Kate.*

Y debajo de los titulares escandalosos estaban las fotos. Kathryn en su terraza del ático. Más aún, Luca en su terraza del ártico con ella, medio desnudo, besándola como si su vida dependiera de ello. Como si no acabara de mostrarse como la traidora mercenaria que era. Como si aquello no fuera una escena de desesperación y traición y nada más.

El teléfono vibró de nuevo a su lado. Esa vez era un mensaje de Rafael. *Arréglalo,* decía.

Era un mensaje escueto que no hizo nada por calmar la cosa rabiosa que había dentro de Luca y que era demasiado feroz para ser un simple animal. Esa cosa quería sangre. Quería venganza.

Se juró que esa vez no pararía hasta que la destruyera también a ella.

# Capítulo 12

KATHRYN vio el lujoso automóvil negro, demasiado elegante para la tranquila calle de la campiña inglesa, cuando dobló un recodo en su paseo de vuelta desde las tiendas.

Hacía doce días que había salido de Roma y regresado a Inglaterra. Nunca en su vida se había alegrado tanto de volver a su Yorkshire natal. A las colinas y los caminos rurales. Las nubes y el verde. Las casas de ladrillo rojo alineadas en el pueblo, y la situación de este, a solo ocho kilómetros del centro de la ciudad de Hull.

Hasta su quisquillosa madre le parecía preferible a nadie que se apellidara Castelli.

Aflojó el paso cuando se acercaba al coche que estaba aparcado en ángulo justo delante de la casa. Y entonces Luca abrió la puerta del conductor y salió.

«Una pesadilla», se dijo Kathryn con firmeza. «Definitivamente, es una pesadilla».

No le sorprendía mucho. Había visto los periódicos. Y también todos los demás habitantes del pueblo, y de toda Inglaterra en realidad. Por no hablar del resto del mundo.

Kathryn se había dicho que, si podía capear el

temporal de la prensa rosa en un pueblo tan pequeño, podía hacer cualquier cosa. Incluido tener un hijo ilegítimo, como su madre.

–Es propio de ti rendirte, ¿verdad? –le había dicho su madre cuando Kathryn llegó a su casa–. Creo que las dos sabemos que eso es la sangre de tu padre, que te hace débil como era él.

La joven no había creído que tuviera sentido responder a eso ni a las cosas mucho menos amables que había dicho Rose cuando la prensa rosa había llevado su foto por todas partes.

Había decidido que eso tampoco importaba. Podía pasearse por el campo de Yorkshire envuelta en abrigos anchos y botas fuertes y fingir que era invisible, hasta que dejara de serlo.

Luca, en contraste, parecía letal. No tenía nada de invisible. Llevaba unos pantalones informales y una camisa que habrían pasado desapercibidos en cualquier otro hombre, pero aquel era Luca. Parecía tan poderoso y fuerte como cuando llevaba un traje a medida. Su pelo, alborotado como siempre, suavizaba un poco la austera belleza viril de su rostro. La miraba con el ceño fruncido, pero ese día a Kathryn eso no le importaba nada. Él no podía romper lo que ya estaba roto.

Lo que había pisoteado y hecho pedazos en aquel lejano ático.

–Oh, encantador –dijo ella con frialdad–. ¿Esto significa que ahora me toca a mí lanzarte horribles acusaciones? He estado ahorrando insultos por si acaso.

–Tú ya usaste tu turno en la prensa –repuso él–. Así que aquí estoy, aunque me haya costado una semana encontrarte en este lugar olvidado de Dios. ¿Qué es lo que quieres?

Kathryn parpadeó.

–Yo no quiero nada. Me habría gustado algo de comprensión cuando te di cierta noticia, pero ese barco ha zarpado ya.

–¿Qué juego es este? –la voz de él era suave, pero furiosa–. ¿Qué puedes esperar ganar con esto?

Kathryn lo observó. Pensó que parecía... trastornado. Nunca había visto aquella expresión salvaje en sus ojos ni la tensión que no conseguía ocultar.

Luca cerró la puerta del coche con fuerza y la miró de aquel modo depredador suyo que hacía que a ella le hirviera la sangre en las venas.

Él se apoyó en el coche y cruzó los tobillos y los brazos como si estuviera cómodo y además fuera inmune al viento invernal de Yorkshire, que soplaba en ráfagas irregulares y sacudía los árboles. Como si estuviera dispuesto a permanecer así eternamente si ella no le contestaba.

–No quiero nada de ti –declaró ella–. Te dije que vas a ser padre. Lo que tú elijas hacer con esa información depende totalmente de ti.

–Y seguro que ese alarde de independencia no tiene nada que ver con el hecho de que, si no reconozco a ese niño, puedes intentar hacerlo pasar por hijo de mi padre. Y en el proceso, ganarte la administración de un tercio de la fortuna Castelli que ahora compartimos mi hermano y yo, madrastra. A ver si lo adivino. Te pasaste el matrimonio intentando quedarte embarazada, pero no lo lograste. Y, cuando murió mi padre, te diste cuenta de que te quedaba una baza. Rafael solo tiene ojos para Lily, así que solo quedaba yo.

Kathryn sintió deseos de atropellarlo con su ridículo coche.

–Claro –repuso con voz plana–. Me has descubierto. Excepto porque yo era virgen, como tú muy bien sabes.

–Hay palabras para lo que tú eres –replicó él con dureza–. Pero no creo que «virgen» sea una de ellas.

–No –comentó Kathryn–. Tú te encargaste de eso.

–No puedes perder, ¿verdad? –dijo Luca.

Kathryn se dio cuenta de que estaba tan furioso que lo único que lo contenía era la postura rígida e inmóvil que mantenía.

–Si no hago nada –continuó él–, como haría con cualquier otra mujer que dijera que la he dejado embarazada, el mundo asumirá que el niño es de mi padre. Te has garantizado una paga para el resto de tu mercenaria vida.

Kathryn abrió la boca para defenderse, pero se encontró embargada por una marea de emoción tan profunda y tan oscura como el Mar del Norte. Intentó combatirla, pero fue inútil. En contra de su voluntad, empezó a sollozar.

Todas las cosas que la había llamado en los dos últimos años, las horribles mentiras de la prensa, las cosas desagradables que le había dicho su madre sobre que se repetía la historia y el ataque reiterado de Luca, que estaba seguro de que ella era todo lo que la había llamado... Todo eso pudo con ella.

Aquel era el mismo hombre que la había tratado con tanta gentileza la noche de Sonoma. Que la había abrazado y bañado personalmente.

Ella sollozó y sollozó sin poder contenerse.

–¿Cómo has podido? –preguntó, cuando pudo hablar entre lágrimas–. Tú estabas allí. Sabes perfectamente que el niño es tuyo.

–¿Por qué? –preguntó él. Se acercó a ella, la agarró por los brazos y la miró a los ojos–. Te aferraste a tu virginidad durante veinticinco años, lo hiciste incluso durante un matrimonio, ¿y luego la pierdes en el asiento trasero de un vehículo con un hombre que había sido tu hijastro? ¿Por qué haría alguien eso sin un motivo ulterior? ¿Cómo podría ser otra cosa que un complot?

Kathryn temblaba. Ni siquiera se dio cuenta de que había empezado a golpear el pecho de él con los puños.

–¡Porque te quiero, imbécil! –gritó.

Él le sujetó los puños y los apartó y algo en la expresión de su hermoso rostro hizo que Kathryn se quedara inmóvil. Dejó de luchar.

–Entonces, eres la única que me ha querido en mi vida –dijo él con naturalidad.

Y resultó que un corazón roto podía volver a romperse después de todo.


Luca se sentía fuera de sí. Soltó las manos de Kathryn y le secó la cara. Y no entendía cómo podía sentirse como si fuera un desconocido para sí mismo y todavía gustarle que ella lo mirara con fiereza.

¿De verdad había ido allí a hacerle daño? Se había mentido a sí mismo. Aquello era solo una excusa para buscarla, para volver a verla. Cualquier cosa con tal de alejar de sí aquella oscuridad. Y sabía que solo ella podía hacer eso, aunque no se le ocurría ni una sola razón en el mundo para que quisiera hacerlo.

—Eso es ridículo –dijo ella–. Pues claro que te han querido. Todo el mundo te quiere. Eres querido vayas donde vayas.

—Soy conocido.

—Tu familia...

—Escúchame –dijo él–. Mi padre quería su dinero y buscar esposas. Mi madre quería su enfermedad. Rafael ama a Lily. Yo decidí muy pronto que no quería nada de eso porque, de todos modos, no había sitio para mí. Quería control, no amor. Quería asegurarme de que nada ni nadie pudiera volver a hacerme daño en ese terreno. O quizá la verdad sea que no sé cómo querer. Que no lo llevo dentro.

—Luca...

—Y luego llegaste tú –continuó él entre dientes–. Y desde el principio sentí algo. Estabas casada con mi padre y aun así me volvías loco. Nunca he conocido a nadie que me fastidiara tanto.

—Eso ya lo has dicho mucho.

—Pero no podía alejarme de ti –movió la cabeza–. Y luego, cuando te toqué, no quería parar. Pensé que quizá yo podía ser diferente después de todo. Hasta que me traicionaste y entonces lo supe.

Los ojos de ella eran oscuros y solemnes.

—¿Qué supiste?

–Que es lo que me merezco –repuso él con dureza–. No te culpo por querer hacer esto sola. No deberías quererme y, desde luego, no deberías quererme cerca de ningún niño. ¿Qué podría enseñarle? ¿A ser como yo?

–Para –le ordenó ella.

–Te apoyaré de cualquier modo que tú elijas –gruñó él–. Pero no me sorprenderá que creas que es una idea terrible.

Kathryn lo miró largo rato y después lo abrazó. Y él no pudo evitar estrecharla contra sí.

–Mi madre ha vivido toda su vida en el pasado –susurró ella con fiereza–. Nada es nunca lo bastante bueno para ella, sobre todo yo –tomó la mano de él y la puso en su vientre todavía plano–. Pero este bebé no será así. Será querido. Ya lo es.

Él movió la cabeza.

–Los dos estáis mejor sin mí.

–Luca –susurró ella con fiereza–. Te amo. Eso no va a desaparecer hagas lo que hagas.

–Pues deberías prestar atención, Kathryn. Soy un hombre terrible. Lo bastante terrible para dejar que me aceptes de nuevo porque te deseo demasiado. Lo bastante terrible para conservarte cuando sé que debería dejarte marchar. ¿Qué es eso sino locura?

–Amor, idiota –dijo ella, con las lágrimas rodando de nuevo por sus mejillas–. Eso es amor.

Luca le tomó el rostro entre las manos.

–Creo que tendrás que enseñarme lo que significa eso. Y puede que el aprendizaje sea largo.

–Tengo toda la vida –respondió ella.

Luca la besó en los labios y decidió que aquel era un buen comienzo.

La segunda vez que Kathryn se casó con un Castelli, fue un día luminoso de junio con un hermoso cielo de verano inglés tan increíblemente azul que no hacía falta que nadie le dijera que era un milagro en sí mismo.

Empezaba a confiar en los milagros.

Ocultó su embarazo, que entraba en el segundo trimestre, debajo del grandioso vestido blanco que no había llevado en su primera boda. Repicaron las campanas y las numerosas personas que Luca había insistido en invitar atestaron la iglesia del pueblo y se derramaron por la calle. Fue muy diferente a la visita rápida al registro civil donde había formalizado su primer matrimonio.

Los paparazzi los habían acosado desde sus primeras fotos juntos y ese acoso había alcanzado tintes de histeria cuando Luca había anunciado un día que estaban prometidos.

Para entonces estaban en Roma, encerrados en el ático donde él había insistido en que vivieran juntos, y el acoso había proseguido hasta el día en el que Luca se había detenido a responder a una de sus preguntas impertinentes.

–¿Cómo puede vivir tranquilo después de haber seducido a la esposa de su padre? –había preguntado el hombre.

Luca había sonreído.

–¿La ha visto? Vivo muy tranquilo, gracias.

Kathryn no había podido por menos de reírse. A ella le preocupaba más seguir trabajando y hacer lo que quería hacer en la empresa. Había acabado por ganarse el respeto de la mayoría de sus compañeros de trabajo y había dejado de preocuparse por los otros. Un día Luca le había sonreído en la sala de conferencias después de una presentación y le había dicho que era brillante. Y eso era lo que le importaba a ella.

Él había sido el que había reservado la iglesia y se había ocupado de los detalles de la boda.

Rose, por supuesto, se había mostrado tan desagradable como siempre. Pero en una de sus visitas a la casita de Yorkshire, Kathryn la había interrumpido cuando había empezado a escupir su veneno de siempre.

–Tú te sacrificaste por mí, mamá –le había dicho–. Y nunca podré agradecértelo bastante. Es lo que hacen las madres y yo también he hecho lo que he podido. Nunca volverás a carecer de nada, siempre cuidaré de ti.

–Vaya, vaya, ¡qué arrogante te has vuelto ahora que has conseguido atrapar no solo a uno, sino a dos...!

–Cuidado –había advertido Luca desde su puesto al lado de la puerta donde le gustaba quedarse cuando Kathryn visitaba a su madre, como un guardaespaldas emocional–. Mucho cuidado, por favor.

Y Kathryn había comprendido que era Luca el que le había dado fuerzas para hacer aquello por fin. Para entender que no tenía que sufrir la rabia y las bajezas de su madre. Que no tenía por qué participar en aquella disfunción. Luca la amaba, quería casarse con ella, iban a tener un hijo y la mayor parte del tiempo eran felices juntos.

No tenía que probarle nada a nadie, y menos a aquella mujer rabiosa y amargada que debería haberla querido más que nadie.

–Si no puedes aprender a controlar tu lengua, no verás a tu nieto –le había dicho Kathryn–. Quizá yo elegí someterme a esto por obligación y cariño, pero no permitiré que ataques a mi bebé como haces conmigo.

Rose había murmurado entonces algo sobre amenazas.

–No es una amenaza, mamá, es una promesa. La elección es tuya.

Y más tarde Luca la había abrazado y no la había juzgado por llorar por la infancia que nunca había tenido con Rose.

Kathryn pensaba que ella tenía que hacer lo mismo por él.

Se había esforzado para que pasaran todo el tiempo posible con Rafael y Lily porque ellos eran el futuro de la familia Castelli, no el oscuro pasado al que Luca ya había sobrevivido. Había llegado a entender que, por muy encantador que Gianni hubiera sido con ella, había sido un padre negligente con Luca. Pero Rafael y él eran hermanos y dueños a medias de la empresa y se querían. Eso era lo que importaba en esos momentos.

Poco después de que Lily diera a luz a Bruno, otro Castelli varón moreno, habían ido a pasar unos días en la mansión para estrechar relaciones.

–Odio esta casa –le había dicho Luca una noche en que ella se había despertado y lo había visto de pie al lado de la ventana–. Siempre la he odiado.

Le había hablado de su infancia solitaria, de todos los años tristes sin más consuelo que las amabilidades de los empleados o las frustraciones de sus madrastras.

—Ya no eres un niño —le había dicho ella. Lo había abrazado y apoyado la mejilla en su espalda—. Esta casa es lo que nosotros la hagamos. Solo es una casa.

—Siempre me ha parecido una maldición.

—Tú puedes romper esa maldición —le había prometido ella—. Lo único que tienes que hacer es amarme.

—Eso, *cucciola mia*, no es ningún problema.

Y esa noche habían roto unas cuantas maldiciones volviéndose locos mutuamente en aquella cama enorme.

Al día siguiente, Luca había hincado una rodilla en el suelo ante ella y Kathryn se había tapado la boca con las manos. Había oído el respingo que había dado Lily, sentada en el sofá, y visto la sonrisa de Rafael.

—Te amo —había dicho Luca—. Quiero darte el mundo entero. Quiero a ese bebé y te quiero a ti, quiero que seas mi esposa, la madre de mis hijos y lo mejor de mi vida para siempre. ¿Quieres casarte conmigo?

—No lo sé —había dicho ella, echándole los brazos al cuello—. He llegado a apreciar que me llames madrastra. ¿Cómo voy a renunciar a eso?

—No te arrepentirás —le había prometido él, con ojos brillantes—. Tengo nombres mucho mejores para ti.

—Te amo —había susurrado ella—. Creo que siempre te he amado.

—Tú eres el amor de mi vida —le había asegurado Luca—. Eres mi corazón.

–Sí –había dicho ella entonces, con los ojos llenos de lágrimas–. Sí, Luca. Siempre.

Y se había casado con él con Rafael al lado de Luca y Lily al lado de ella porque la familia era lo que importaba. Su familia. La que habían creado, tomando lo que necesitaban de lo que les había sido dado y dejando lo demás atrás, donde debía estar.

–Esta vida es muy hermosa –le dijo Kathryn a Luca esa noche, su primera noche juntos como marido y mujer–. ¿Cómo puede haber algo mejor que esto?

Cuatro meses después lo descubrieron juntos, cuando Kathryn dio a luz a una criatura maravillosa que la familia Castelli no había visto en generaciones.

Una niña.

–Abrázame fuerte, *cucciola mia* –dijo Luca cuando estuvieron sentados juntos en su primera noche como familia de tres.

Él tenía a su hija en los brazos, los ojos oscuros llenos de amor y luz y todo su futuro allí mismo, a su alcance.

La sonrisa de Luca era lo bastante grande como para iluminar la noche.

–Esto solo puede ir a mejor –dijo.

Y así fue.

# Bianca

**Esa desatada pasión amenazaba con consumirlos a los dos...**

La última vez que Serena de Piero había visto a Luca Fonseca, él terminó en una celda. Desde entonces, el multimillonario brasileño había tenido que luchar para limpiar su reputación, pero nunca la había olvidado. Cuando Luca descubrió que Serena trabajaba en su fundación, su furia se reavivó.

Pero Serena había cambiado. Por fin era capaz de manejar su vida y no iba a dejarse intimidar por él. Lidiaría con los castigos que infligiera en ella su nuevo jefe, desde pasar unos días en el Amazonas a la selva social de Río de Janeiro. Pero lo que no podía controlar era la pasión, más ardiente que la furia de Luca.

# REENCUENTRO CON SU ENEMIGO
**ABBY GREEN**

# Acepte 2 de nuestras mejores novelas de amor GRATIS

## ¡Y reciba un regalo sorpresa!

## Oferta especial de tiempo limitado

**Rellene el cupón y envíelo a**
**Harlequin Reader Service®**
3010 Walden Ave.
P.O. Box 1867
Buffalo, N.Y. 14240-1867

**¡Sí!** Por favor, envíenme 2 novelas de amor de Harlequin (1 Bianca® y 1 Deseo®) gratis, más el regalo sorpresa. Luego remítanme 4 novelas nuevas todos los meses, las cuales recibiré mucho antes de que aparezcan en librerías, y factúrenme al bajo precio de $3,24 cada una, más $0,25 por envío e impuesto de ventas, si corresponde*. Este es el precio total, y es un ahorro de casi el 20% sobre el precio de portada. !Una oferta excelente! Entiendo que el hecho de aceptar estos libros y el regalo no me obliga en forma alguna a la compra de libros adicionales. Y también que puedo devolver cualquier envío y cancelar en cualquier momento. Aún si decido no comprar ningún otro libro de Harlequin, los 2 libros gratis y el regalo sorpresa son míos para siempre.

416 LBN DU7N

| | |
|---|---|
| Nombre y apellido | (Por favor, letra de molde) |

| | | |
|---|---|---|
| Dirección | | Apartamento No. |

| | | |
|---|---|---|
| Ciudad | Estado | Zona postal |

Esta oferta se limita a un pedido por hogar y no está disponible para los subscriptores actuales de Deseo® y Bianca®.
*Los términos y precios quedan sujetos a cambios sin aviso previo.
Impuestos de ventas aplican en N.Y.